JN409663

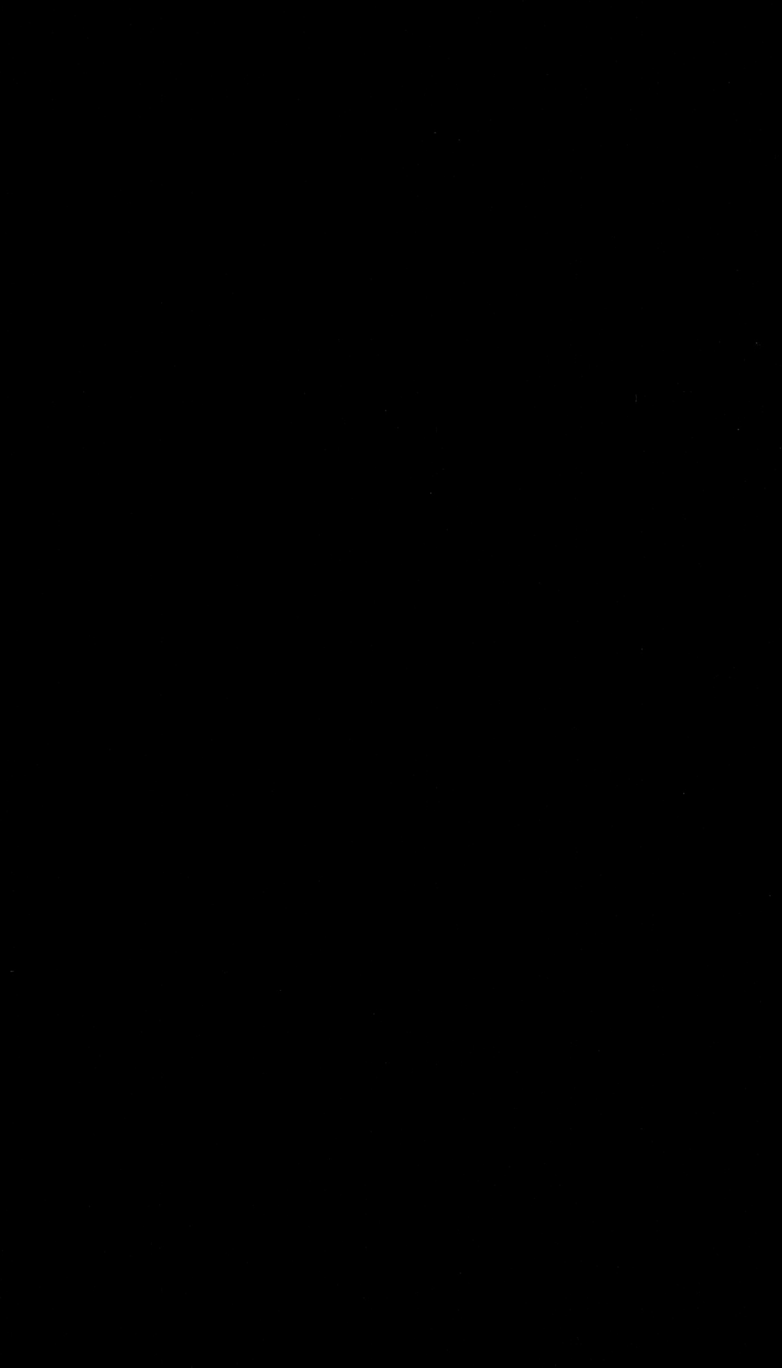

나는 봉천동에 산다

도서출판 아시아에서는 《바이링궐 에디션 한국 대표 소설》을 기획하여 한국의 우수한 문학을 주제별로 엄선해 국내외 독자들에게 소개합니다. 이 기획은 국내외 우수한 번역가들이 참여하여 원작의 품격을 최대한 살렸습니다. 문학을 통해 아시아의 정체성과 가치를 살피는 데 주력해 온 도서출판 아시아는 한국인의 삶을 넓고 깊게 이해하는 데 이 기획이 기여하기를 기대합니다.

Asia Publishers presents some of the very best modern Korean literature to readers worldwide through its new Korean literature series 〈Bilingual Edition Modern Korean Literature〉. We are proud and happy to offer it in the most authoritative translation by renowned translators of Korean literature. We hope that this series helps to build solid bridges between citizens of the world and Koreans through a rich in-depth understanding of Korea.

바이링궐 에디션 한국 대표 소설 033

Bi-lingual Edition Modern Korean Literature 033

I Live in Bongcheon-dong

조경란

나는 봉천동에 산다

Jo Kyung-ran

ASIA PUBLISHERS

Contents

나는 봉천동에 산다

I Live in Bongcheon-dong

까치가 매미를 물고 날아가던 여름은 이제 지나가 버렸다. 며칠새 밤 기온이 뚝 떨어지고 비가 자주 흩뿌렸다. 루사라는 태풍도 그저 지나가는 비일 거라고 생각했다. 옥상으로 나갔을 때 그 예감이 틀릴지도 모른다는 생각을 했다. 구름이 몹시 빠른 속도로 흘러가고 있었다. 수평으로 흐르는 구름들이 한 곳을 향해 맹렬하게 안쪽으로 파고들어 오는 것 같았다. 빗줄기가 굵어졌다. 저쪽에서 작고 빨간 불꽃이 보였다. 킁킁. 익숙한 냄새가 났다. 쭈그리고 앉아 있던 아버지가 허리를 펴고 일어났다. 아버지를 옥상에서 만나게 될 줄은 몰랐다. 내가 아래층으로 내려가면 마루에 있던 아버지는

A summer of magpies snapping up cicadas and flying away is ending. The temperature has dropped sharply over the past few days and it rains a lot. I thought we were just catching the tip of Typhoon Rusa, but when I go up on the rooftop, I'm not so sure. The clouds are hurrying past, flowing towards a spot on the horizon as if furiously penetrating through and beyond. The rain is coming down hard. A small display of red fireworks goes off somewhere. A familiar smell wafts over. My father straightens his back and rises from where he's squatting. I didn't expect to run into him on the rooftop. Usually, when I go down to the main floor and he's in the living room, he slips into my sister's

비어 있는 동생 방으로 간다. 그리고 아버지가 귀가하면 나는 얼른 내 방으로 올라간다. 무슨 특별한 이유도 없이 우린 그랬다. 하지만 밥은 같이 먹는다.

저녁밥을 차려놓고 가족들은 아버지를 찾았다. 현관 앞에도 계단에도 옥상에도 아버지는 보이지 않았다. 크고 헐렁한 아버지의 슬리퍼는 나란히 놓여 있었다. 마당도 없는 넓지도 않은 집에서 아버지는 감쪽같이 사라져버렸다. 가족들은 아버지를 찾는 것을 포기하고 먼저 밥을 먹었다. 과일까지 먹고 나자 배가 불러진 가족들은 각자 자기 방에 들어가 텔레비전을 켰다. 아버지가 사라진 걸 모두 잊어버린 것이다. 내가 옥상에 올라간 건 아버지를 찾기 위해서가 아니다. 나 역시 아버지를 잊고 있었다. 옥상에서 아버지를 만났을 때 나는 내가 내려가야 하나 아니면 아버지가 먼저 내려갈 때까지 기다려야 하나 잠깐 망설였다. 아버지가 맨발인 게 좀 이상했다. 우린 먼저 밥을 먹었어요. 나는 미안하다는 어투로 말했다. 저기, 청소를 하느라. 아버지가 노란 물탱크를 가리켰다. 아버지의 키만큼 높고 큰 물탱크다. 나는 고개를 끄덕였다. 집 안에 저렇게 큰 물탱크가 있다는 게 얼마나 든든하고 자랑스러운지 모른다.

empty bedroom. And when he comes home, I quickly go upstairs to my room. There's no special reason for this; that's just what we do. But we eat meals together.

Earlier in the day, we set the table for dinner and went to look for Dad. He wasn't out front, or on the stairs, or out on the rooftop. His big, floppy slippers were set neatly together. Somehow, in our small house that didn't even have a yard, our father had vanished. We gave up looking and sat down to dinner without him. After eating everything down to the fruit, we were full, and we retired to our respective rooms and turned on our TVs. None of us remembered Dad was missing. I didn't come up to the rooftop to look for him. It'd certainly skipped my mind. When I see him, I hesitate as to whether I should go back down or wait for him to go first. It's a little strange seeing him barefoot.

"We already ate," I say apologetically.

"I was cleaning that." Dad gestures to the yellow water tank that's as tall as he is.

I nod. I feel proud and secure equipped with a large water tank like that.

Dad and I both gaze up at the dark sky.

"It doesn't look like it's passing us by, does it?"

아버지도 검은 하늘을 올려다보고 있었다. 그냥 지나갈 것 같지가 않구나. 아버지는 두려워하는 것 같아 보였다. 아버지도 그때를 기억하고 있는 걸까. 길이, 마당이 순식간에 계곡이 되었던 그때를 말이다. 그때 물난리 속에서 아버지는 우리 자매들에게 이렇게 위로했다. 집이 흔적도 없이 떠내려간 것보단 낫질 않느냐. 우린 크게 위로받았다. 1984년도였다. 지금껏 내가 겪은 물난리 중에 가장 끔찍했다. 서로 하늘을 올려다보던 아버지와 눈이 마주쳤다. 너도 그때를 기억하냐? 나는 그 눈빛을 그렇게 읽었다. 하지만 나중에야 알게 되었지만 내가 기억하는 건 1984년도 수해였고 아버지가 잊지 못하는 건 1972년도 수해 상황이었다. 연도는 달랐지만 아무튼 우리는 우리가 겪었던 물난리를 동시에 떠올리고 있었다.

1984년도 수해는 그렇게 대단한 것은 아니었는지도 모른다. 그걸 기억하는 사람도 별로 없다. 내가 그 여름의 수해를 잊지 못하는 건 물 때문이다. 하수구가 역류했다. 작은 돌덩이 하나가 하수구를 막으면 집 한 채도 거뜬히 무너뜨린다. 우리는 그때도 꽤 높은 지대에 살고 있었다. 그런데도 물이 마당으로 차올랐다. 아버지

He seems worried. He's probably thinking of that moment when the yard and the street became a gully, just as I am. During that flood, Dad had comforted my sisters and me.

"Isn't this better than if the house just floated away?" he'd said. That cheered us up.

It was 1984, the year of the worst flood ever. After watching the skies for a while, my father and I look at each other. *Are you remembering that time?* I read the question in his eyes. Later, I found out that I was thinking about the flood in '84, and he was thinking about the one in '72. At any rate, we were both thinking of floods we'd been through.

Maybe the flood of '84 wasn't that significant. Hardly anyone remembers it. I remember it because of the water. The sewage backed up. At that time, it took only one stone to get stuck in the pipes and the whole house was done for. We lived on fairly high ground like we do now, but even so, water crept on up to the front gate. Although Dad plugged the entryway with a quilt and Mom sealed the edges of the door with tape, the muck kept seeping in. I was in grade nine and my sister was in elementary school. We traipsed after our father with buckets to get potable water, wondering why

는 이불로 현관을 틀어막고 엄마는 방문을 테이프로 봉했는데도 흙탕물이 안방까지 스며들었다. 중학교 3학년이었던 나와 초등학생이었던 여동생들은 양동이를 든 채 아버지 뒤를 쫓아 식수를 받으러 다녔다. 물난리가 났는데도 쓰고 먹을 물이 없다는 건 참으로 이해하기 힘들었다. 가족들은 물을 아껴 쓰기 위해 화장실 사용도 가능한 한 자제했다. 찌는 듯한 무더위가 이어졌지만 몸을 씻는다는 건 엄두도 내지 못했다. 정 목이 마르면 숟가락으로 물을 떠먹었다. 내 생에 그토록 물을 소중하게 아껴 써본 적이 없다. 그 수해 이후 우린 평시에도 초코파이나 컵라면 같은 비상식량과 부탄가스를 상비했다. 나는 한이 맺힌 듯 그때부터 물을 펑펑 쓰기 시작했다. 우리나라가 물 부족 국가라는 덴 아무런 관심이 없었다. 아버지는 열심히 물탱크를 청소했고 항시 물을 받아뒀다. 그 다음해 우리는 더 높은 지대로 이사를 갔다. 봉천 10동에서 봉천 10동으로 갔으니 거기가 거기였지만.

아버지와 내가 옥상에 함께 있는 게 하나도 이상하지가 않았다. 아버지 역시 마찬가지였을 거라고 생각한다. 먼 데서 불어오는 강한 바람 속에서 우리는 같은 것

we lacked drinking water when it was all around us. We were supposed to use the bathroom as little as possible to preserve our supply. We didn't dare bathe even though the summer steamed on. If we were really thirsty, we drank water a spoonful at a time. I'd never conserved so much water. After that flood, we always kept Choco Pies, ramen, and butane gas on hand for emergencies. Later, as if out of resentment for having been deprived, I began to waste water on purpose. I didn't care if the country had a shortage. My father cleaned the water tank vigorously and kept it filled at all times. And the next year we moved to even higher ground, albeit higher ground on another street in Bongcheon 10-dong.

I don't think it's strange that my father and I are on the rooftop together. And maybe he doesn't either. We are thinking the same thoughts and feeling the same sense of unease. We stand together as a strong wind blows in from distant parts.

"What's the name of this typhoon?"

"Rusa. It's the Malaysian word for sambar, a kind of deer."

"There's a lot of damage every time one comes," Dad says, putting a cigarette to his lips. "It's be-

을 생각하고 염려하고 있었다. 이번 태풍 이름이 뭐라더냐? '루사'요, 말레이시아어로 삼바사슴이라는 뜻이래요. 태풍이 올 때마다 피해가 큰 건. 아버지는 담배를 꺼내 물었다. 사람들이 나무를 함부로 베서 그런 거다. 아버진 목수잖아요. 목수는 꼭 써야 할 나무만 쓰는 사람들이니라. 이상한 날이다. 아버지는 나무 이야기는 잘 안 하는 편이다. 언젠가 내가, 아부지 우리 동네에서 무슨 이상한 냄새 안 나세요? 꼭 무슨 지린내 같기도 하고 톱밥 냄새 같기도 하고, 했을 때도 아버지는 쓸데없는 소릴 한다, 일축했다. 무슨 부족인데, 아프리카 말이다. 사람들이 하도 나무를 베가서 강렬한 햇빛을 피할 수가 없게 된 부족인들이 모두 눈이 멀었다는구나. 그건 무슨 프로그램에서 보신 거예요? 아버지는 담배를 비벼 껐다. 아버지는 잘 때도 텔레비전을 켜놓는 사람이다. 제가 알기론 절개지 때문이래요. 바위의 위치나 결, 상태완 상관없이 획일적으로 63도 경사각을 유지하도록 한 규정 때문에 태풍이나 집중호우 때면 어김없이 산사태가 일어나는 거래요. 그건 어디서 읽은 거냐? ……잘 모르겠어요. 그거나 이거나 서로 비슷한 얘기 아니냐? ……이대로라면 교각이며 교량들이 다 무너질 거다,

cause people have cut the trees down so recklessly."

"But you're a carpenter, Dad."

"Carpenters only use the trees they need."

It's a strange day. My father doesn't usually talk about trees.

Once I asked him, "Dad, don't you notice a strange smell in our neighborhood? Like urine, but also a little like sawdust."

He brushed me away, saying not to think about it.

"I heard about some tribe in Africa. Outsiders came in and cut down so many of the trees that the villagers were totally exposed to the sun and ended up going blind."

"What show was that on?"

Dad crushes the cigarette butt with his fingers. He's used to keeping the TV on even when he's sleeping.

"I heard it has to do with the cut line. Rock is cut at a 63-degree angle according to regulation standards. This doesn't take into account the position, texture or composition of the rock. So when a typhoon or a storm hits, there's a landslide."

"Now where did you read that?"

전기도 통신도 모두 불통될 거다, 사람들은. 나는 아버지를 쳐다봤다. 집을 잃게 될 거다. 무슨 예언처럼 아버지는 말했다. 이튿날, 아버지의 말은 사실이 되었다.

아버지는 그날 밤 몸을 반으로 접고 잤다. 기역자로 구부린 다리는 서로 엇갈려 있었다. 보기에도 영 불편해 보였다. 며칠 뒤 신문을 통해서 강풍에 한쪽 가지가 부러진 채 다른 가지에 위태롭게 걸려 있는 팽나무를 보았을 때 나는 그날 밤 아버지의 잠든 모습을 떠올렸다. 칠 개월에 걸쳐 내릴 양의 비가 하루에 다 쏟아져 내렸다. 루사는 1959년 9월 한반도를 강타한 태풍 '사라' 이후 가장 강력한 태풍으로 기록되었다. 동해 일대는 폭격을 맞은 듯 폐허로 변해버렸다.

한 차례씩 태풍이 지나간 날이면 지금도 나는 물을 뜨러 다니는 꿈을 꾸곤 한다. 겪어본 사람들은 알겠지만 세상에 물처럼 무서운 건 없다는 생각이 들 때가 있다. 물은 모든 것을 휩쓸어가 버린다. 봉천동이 아무리 지대가 높은 곳이라고는 해도 여기도 수차례 큰 물난리를 겪었다. 그런데 이상한 건 우리는 아직도 예전처럼 이곳에 살고 있다는 사실이다. 루사가 지나간 후 나는 갑자기 궁금해지기 시작했다. 봉천동엔 어떻게 이 많은

"I don't know."

"These stories are all more or less the same, aren't they? If it keeps on like this, the piers and bridges will collapse, and the utility lines will go down. People..." I stare at him. "...will lose their homes," he says, like he's prophesying. The next day, my father's words would come to pass.

My father bends his body in half to sleep. One leg is crossed above the other, splayed out in an L-shape. I can tell he's uncomfortable just by looking at him. A few days later, I see a photograph that reminds me of him sleeping like this. It shows a branch of a nettle tree broken in the wind, caught in another branch and dangling precariously. Seven months' worth of rain has come down in one day. Rusa goes down on record as the most devastating typhoon since Typhoon Sarah in September '59. The whole area along the east coast lies in ruins, as if it has been bombed.

I still dream of going to fetch water whenever a typhoon passes. Anyone who's endured a flood, myself included, thinks water is the most terrifying thing in the world. It washes everything away. Even though Bongcheon-dong is high on a mountain slope, it's been devastated by floods many times.

사람들이 모여 살게 되었을까.

내가 사는 곳은 관악구 봉천동이다. 관악구에는 세 개의 동(洞)이 있는데, 신림동·남현동·봉천동이 그것이다. 신림동(新林洞)은 일대에 숲이 무성하다 하여 생긴 이름이고 남현동(南峴洞)은 남쪽에 있는 고개 마을이라는 뜻으로 붙여진 이름이다. 이왕 관악구에 살 거면 이름도 아름다운 신림동이나 남현동에 살면 얼마나 좋을까. 봉천동(奉天洞). 이름하여 떠받들 봉(奉)자에 하늘 천(天)자. 관악산 북쪽 기슭에 있는 마을로 관악산이 험하고 높아 마치 하늘을 떠받들고 있는 것처럼 보인다고 해서 '봉천'이라는 이름이 붙여졌다고 한다. 풀이는 그럴 듯하지만 봉천이라니…… 세상에 이렇게 촌스럽고 우스꽝스러운 지명이 다 있을까. 어휴, 내 이름이 조봉천이 아닌 게 천만다행이다. 사람들은 봉천동, 하면 우선 판자촌을 떠올린다.

할 말이 없어서일까? 자리가 파하면 집까지 데려다 줄 것도 아니면서 사람들은 나에게 어디 사느냐고 꼭 묻는다. ……봉천동요. 아, 거기 신림동 있는 데요? 아뇨, 신림동은 바로 옆 동네예요. 아, 거기! 그래요, 지하

Maybe it's odd we still live here. After Rusa passes, I suddenly start to wonder how so many people have come to live in Bongcheon-dong.

The Gwanak-gu district is divided into three statutory areas: Sillim-dong, Namhyeon-dong, and Bongcheon-dong, where I live. Sillim-dong is named for a patch of dense forest while Namhyeon-dong means "village on a southern ridge." If one has to live in Gwanak-gu anyway, wouldn't it be nice to live in a place with a poetic sounding name like Sillim-dong or Namhyeon-dong? As for Bongcheon-dong, two Chinese characters make up the word Bongcheon, *bong* meaning "support," and *cheon* meaning "sky." From the settlement at the northern base of Mt. Gwanak, the steep slopes of the mountain seem to rise up as if supporting the sky—and that's how Bongcheon-dong got its name. Bongcheon. What an ugly, hick sounding name. Thank God my name isn't Bongcheon Jo. Whenever people hear the word Bongcheon-dong, they must think of a shantytown.

After social occasions, people always ask where I live even when they aren't offering to take me

철, 2호선, 서,울,대,입,구,역, 근처예요. ……아하, 그쪽 잘 알아요. 나를 한 번이라도 만난 적 있는 사람들이라면 '지하철2호선서울대입구역근처예요'라고 내가 말할 때의 표정과, 마치 지하철2호선서울대입구역은 봉천동과 무관한 것처럼 말하던 어투를 쉽게 기억해낼 수 있을 것이다. 삼청동, 구기동, 홍제동, 방배동, 청담동, 동부이촌동, 학동, 그런 데도 얼마든지 집들은 있을 텐데. 나는 한 편의 시가 떠오르는 성북동 같은 마을에서 살고 싶다. 그런데도 아버지는 왜 하필 하늘을 떠받드는 동네로 이사를 온 것일까. 거기서도 아주 높은 곳. 웬만한 물난리에는 끄덕조차 하지 않는 곳. 다만 어쩌다 한 번씩 물이 새는 곳. 사실 우리 집은 지하철 서울대입구역보단 봉천 중앙시장 쪽에서 더 가깝다. 나는 봉천동에 사는 것이 부끄럽지는 않다. 하지만 봉천동에 산다고 말하는 것은 정말 싫었다. 그건 보여주고 싶지 않은 나와 내 가족의 궁핍을 날것 그대로 드러내버리는 느낌이기 때문이다. 때로 수치스럽기까지 했다.

봉천동의 행정 변천을 살펴보면 이 지역은 원래 서울시 조례 제276호에 의해 영등포구 관할에 속했다. 봉천동이 관악구에 속하게 된 건 1973년의 일이다. 나는

home. Perhaps they're just making conversation.

"Bongcheon-dong," I reply.

"Ah, the one in Sillim-dong?"

"No, it's next to Sillim-dong."

"Oh. I know where it is."

"Yes. It's the area around Seoul National University Station, Line Two."

"Oh yes. I know that place well."

Even if someone has only met me once, he likely remembers the disdainful look on my face when I say, "Seoul National University Station," as if it has no relation to Bongcheon-dong.

There are many other districts, like Samcheong-dong, Gu-gi-dong, Hongje-dong, Bangbae-dong, Cheongdam-dong, Dongbu-ichon-dong, and Hak-dong. There are houses there we could live in. I'd love to live somewhere like Seongbuk-dong, which people associate with a famous poem. Just thinking about it makes me happy. So why on earth did my father move us to the place that "holds up the sky?" And to a site high up on the mountain at that? We don't worry much about medium-strength floods here, but the roof certainly leaks from time to time. Actually, despite what I tell people, we're closer to the Bongcheon Central Market than to

1968년도에 태어났다. 공교롭게도 내가 태어난 곳은 영등포다. 내가 세 살 무렵 아버지는 영등포에서 봉천동으로 이사를 왔다. 나의 본적은 '봉천동 산1번지'라고 되어 있다. 봉천동 산1번지는 봉천동에서도 최고로 높은 달동네다. 그러니까 엎어치나 메치나 나는 처음부터 봉천동 키드였던 것이다.

아버지가 처음 봉천동으로 이사를 왔던 무렵에는 이 일대가 온통 저습 지대의 계단식 논이었다고 한다. 야산은 깊고 험했으며 나무들이 빽빽했다. 그때는 이곳에 아파트촌이 들어서고 지하철이 개통되리라는 걸 아무도 몰랐을 것이다. 봉천동이 일거에 발전하게 된 건 서울대학교가 들어서면서부터였다. 그 후 교육지구 진입도로 주변 지역의 개발 추진 필요성이 인정되어 구획정리사업이 시작되었다. 그전까지는 자연지형을 따라 형성된 협소한 소로(小路)만 있었을 뿐 도로라고 할 만한 것이 없었다. 지하철 개통도 서둘러 공사를 진행했다. 옆 동네 신림동엔 하숙촌, 고시촌이 우후죽순으로 생겨났다. 어디선가 한꺼번에 사람들이 밀려오는 느낌이었다. 아버지는 그때에 비하면 이건 아무것도 아니라고 했다. 아버지가 말하는 그때란 시간당 112밀리미터가

Seoul National University Station. I don't mind living here, but I hate telling other people about it because it's like exposing my family's poverty, something I'd like to keep hidden.

According to Seoul Metropolitan City ordinance no. 276, Bongcheon-dong originally belonged to the Yeongdeungpo-gu district. But in 1973, it became a part of Gwanak-gu. As it happens, I was born in Yeongdeungpo-gu in 1968. When I was three, my father moved us to Bongcheon-dong. I'm a registered resident of San #1, the highest, poorest neighborhood in Bongcheon-dong. I guess this makes me a Bongcheon-dong native through and through.

Dad said that when he first moved here, the whole area was marshland, and farmers planted rice paddies on terraces up the slope. The hill was steep, secluded, and thick with trees. At that time no one could have guessed that apartment complexes would go up, or that a subway line would come through. But after Seoul National University relocated here, Bongcheon-dong developed in a single stroke. City planners saw the need to develop the area surrounding the public access route to the university. Before Bongcheon-dong was

쏟아졌던 1972년의 집중호우 이후다. 그때도 사람들이 봉천동으로 속속 몰려들었다고 한다. 정확히 말하면 서울대학교는 신림동에 속해 있다. 그러나 우리 집에서 걸어서 기껏해야 삼십 분 거리다. 그곳은 내 산책 코스이기도 하다. 그래서 나는 그 대학교가 우리 동네에 있는 거라고 생각한다. 서울대학교가 봉천동으로 이전을 결정한 다음과 같은 이유들, 서울시 중심으로부터 15킬로미터 이내에 위치해 있다, 부지가 한강 남쪽에 있어서 漢水以南을 개발하려는 정부 방침에 일치된다, 등등의 이유가 있으나 나는 그중 네 번째 이유가 가장 마음에 들었다. '이 부지는 아름다운 自然環境을 보유하고 있다.'

아버지는 서울대학교를 누구보다 먼저 S대라 불렀다. 그리고 당신의 세 딸들 중 누군가가 그 S대에 들어가길 바랐다. 가장 먼저 제외된 건 맏딸인 나였다. 첫째 동생이 재수를 포기했을 때 아버지는 막내 동생에게 의지했다. 우린 집에서 버스 타고 오 분 거리인 S대에 아무도 가지 못했다. 아버지는 몹시 낙담하였다. 그렇지만 우리 자매들은 모두 S대에 갔다. 바로 아래 동생은 나와 같은 전문대학을 나왔고 그중 성적이 좋았던 막내는 혜

zoned, there were no streets to speak of, only narrow lanes following the natural curves of the earth. Work on the subway line also began in a hurry. In neighboring Sillim-dong, boarding houses and other forms of student housing sprang up. It felt like people were coming in droves out of nowhere. Dad said the situation now was nothing compared to back then, after the downpour in '72. Four and a half inches of rain fell an hour, but people came swarming into Bongcheon-dong regardless, he said. Actually, Seoul National University is in Sillim-dong, not Bongcheon-dong, but it's still only 30 minutes away on foot.[1)] Since it forms part of my walking course, I regard it as a part of my neighborhood. The government listed a few reasons for moving the campus to Bongcheon-dong. For example, it's within 10 miles of the city center and it's south of the river, conforming to development policy objectives. But my favorite reason is the one listed fourth: "It is possessed of great natural beauty."

Dad called Seoul National University "S Uni" before anyone else did. He hoped one of his three daughters would attend it. I was the eldest, and the first to be counted off the list. When the second

화동에 있는 S대에 합격했다. 기왕지사 대학엘 갈 거면 집 가까운 데로 갈 것이지, 헛. 우리가 대학에 입학할 때마다 아버지는 아무도 들어주지 않는데 혼자 중얼거리셨다.

먼 데서 선배가 찾아왔다. 우리는 봉천 중앙시장 일대가 환히 내려다보이는 찻집 이층 창가에 앉아 차를 마셨다. 별로 할 말이 없었다. 나는 물끄러미 창밖을 내다보았다. 차츰 지루해지기 시작했다. 그때 선배가 난 이 동네를 잘 알아요, 하고 말을 꺼냈다. 그를 흘깃 쳐다봤다. 한때 아버지가 여기서 사셨거든요. 네에, 그랬군요. 이 일대가 전부 제재소였던 거 알아요? 제재소요? 그래요, 나무를 다루는 곳 말예요. 그때가 언제쯤인데요? 내가 여덟아홉 살 때니까 69년이나 68년쯤일 거예요. 나는 아버지를 생각했다. 그리고 다른 데 있다가 우리 동네만 들어서면 나는 냄새. 물 냄새, 땀 냄새, 하수구 냄새 그리고 나무 냄새.

몇 시간 뒤, 나는 관악구청에서 빌려온 『冠岳20年史』라는 책을 읽기 시작했지만 거기엔 이 동네가 제재소였다는 기록은 찾아볼 수 없었다. 기록에 따르면 봉천 중앙시장은 '박재궁'이라는 마을이었다고 한다. 재궁(齋宮)

sister didn't reapply after failing once, my father transferred his hopes to the youngest. But none of us entered that school, which was no more than five minutes away by bus. Dad was disappointed. In a sense, though, we all attended a "S Uni," a university beginning with the letter "S." My closest sister and I graduated from the same junior college, and my youngest sister, who had the highest grades, entered an "S" university in Hyehwa-dong.

"If you're going to college anyway, why don't you try the one nearby?" My father muttered this when we were admitted elsewhere, but we ignored him.

A friend comes some distance to pay a visit. We enjoy a clear view of Bongcheon Central Market as we sit drinking tea, looking out the second story window of the tea room. We don't have much to say. I look out the window vacantly, and gradually grow bored.

Then my friend says, "I know Bongcheon-dong well."

I glance over at him.

"My father once lived here."

"Oh, he did."

"Did you know that sawmills once took up this whole area?"

이라면 분묘나 무덤을 지키기 위해 그 옆에 지은 집을 말하는 것일 텐데. 그렇다면 무덤 옆에 제재소가 있었을까. 아버지는 처음부터 목수였을까. 아니면 봉천동에 와서 비로소 목수가 되었을까. 궁금한 게 점점 더 많아졌다.

지난 봄, 대림동에 살던 친구 Y가 우리 동네로 이사를 왔다. 나는 누가 시킨 것도 아닌데 며칠 동안 Y와 그녀의 남편과 여섯 살짜리 아들을 데리고 다니며 우리 동네에서 갈 만한 식당들, 산책길, 가격이 싼 마트 등을 안내하며 발품을 팔았다. Y와 그녀의 남편은 별 관심을 보이지 않았다. 나는 섭섭했다. 하지만 망원경을 들고 내 옥탑방 창문에 걸터앉으면 Y가 사는 높다란 아파트가 보인다. 아주 가까운 곳에 친구가 살고 있다는 건 즐거운 일이다. Y가 사는 곳은 봉천 6동 산동네를 철거한 후 이 년 만에 완공한 아파트촌이다. 식당과 산책길과 마트. 거기까지 소개하고 나니 더 이상 설명해 줄 것이 없었다. 나는 내가 우리 동네에 관해 몰라도 너무 모른다는 생각이 들었다. 이곳에 산 지 삼십 년도 훨씬 넘었는데.

내가 잠깐 딴생각을 하고 있는 사이에 선배는 한겨울

"Sawmills?

"Yes, you know, for processing lumber."

"When was that?"

"Oh, I was eight or nine, so it had to be in '68 or '69."

I think of my father, and also of the smells peculiar to the area, the smells of water, sweat, sewage and wood that hit me upon returning home from somewhere else.

A few hours later, I start reading a book borrowed from the Gwanak-gu district office entitled *A Twenty-Year History of Gwanak*, but I can't find any mention of sawmills. According to the records, there used to be a village called Bakjaegung where Bongcheon Central Market is now. During the Joseon Dynasty, a hut called a *jaegung* was built for the man who looked after a gravesite, so I wonder if the sawmill was built next to an old gravesite. And was Dad a carpenter from the beginning? Or, did he pick up the trade after settling here? The more I read, the more questions I have.

Last spring, my friend Y, her husband, and their five-year-old moved from Daerim-dong to our neighborhood. For a few days, I volunteered to show them around. I showed them the best local

에 저 위쪽 봉천여중 운동장에서 스케이트를 탔던 얘기며 그 맞은편 봉천극장에서 〈도라도라도라〉를 봤던 기억을 더듬고 있었다. 그는 덧붙였다. 아주 옛날옛날이었어요. ……봉천극장이 없어진 건 불과 사오 년 전이다. 아주 옛날옛날은 아닐지도 모른다. 아버지는 이북 출신이었어요. 자리 잡기 전에 이곳저곳을 옮겨 다녔는데, 그중 한 군데가 봉천동이었어요. 알고 보면 봉천동엔 정작 서울 출신들이 드물걸요? 내가 아는 사람들 중에도 한때 봉천동 판자촌에 살았던 사람들이 있어요. 대개 숨어 살아야 하는 형편인 사람들이었죠. 봉천동을 거쳐간 사람들, 찾아보면 정말 많을 거예요.

그가 봉천동에 관해 제법 알고 있다는 게 신기했다. 처음으로 그의 얼굴을 똑바로 봤다. 이성에게 느끼는 호감과는 다른 묘한 친밀감이 느껴졌다. 그의 말대로 봉천동에 서울 출신이 드물다는 건 사실이다. 그건 투표 때마다 결과를 보면 안다. 나의 아버지도 서울 출신은 아니다. 아버지는 참으로 먼 데서부터 출발해 여기까지 왔다.

헤어지기 전에 나는 그에게 사는 데가 어디에요? 라고 물었다. 그는 분당에 산다고 했다. 지하철역에서 그

restaurants, hiking trails, and discount supermarkets. They showed little interest, and I felt unappreciated. But leaning out my top floor window, binoculars in hand, I could glimpse their apartment towering skywards. I enjoyed the idea of a friend living close by. Within two years after the houses in Bongcheon 6-dong were razed, a modern apartment complex rose up ; this was where Y lived. When I'd finished telling them about the restaurants, trails and supermarkets, I had nothing more to say. Then I realized I didn't know much about where I lived even after over 30 years of residency.

While my mind wanders briefly, my friend reminisces about skating on the girls' middle school sports ground in the midwinter and seeing *Dora, Dora, Dora* in the theater across the street. It was ages ago, he adds. But it's really only been four or five years since Bongcheon Theater was torn down, so it might not have been that long ago.

"Dad came from North Korea. He moved around some before settling down. One of the places he stayed at was Bongcheon-dong. When you think about it, not many people who live in Bongcheon-dong are actually from Seoul. But even among my acquaintances, I can think of a few people who

와 헤어진 후 나는 3번, 관악구청 출구로 빠져나왔다. 사람들이 왜 어디 사느냐고 물어보는지 그 이유를 알 것 같았다. 나는 오 분쯤 천천히 걸었다. 그 시간이 이상하게 길었다.

E. 애니 프롤스의 『쉬핑 뉴스』를 읽는 동안 내 머릿속에서는 집을 끌고 다니는 사람들의 이미지가 줄곧 따라다녔다. 실제로 그 책에서는 해적인 코일족이 게이즈 섬에서부터 집을 로프로 묶어 바다와 얼음의 땅을 건너 새 정착지까지 끌고 가는 장면이 나온다. 집을 끌고 가는 사람들의 뜨거운 입김과 땀 냄새, 뺨을 후려치는 눈보라, 지붕의 네 귀퉁이를 꽁꽁 묶고 있는 로프의 불안정한 흔들림, 집 바닥을 지탱하고 있는 나무둥치들. 그 모든 것들이 활자들 사이로 영상처럼 지나갔다. 게나 고둥 같은 생물들 외에 집을 끌고 다니는 사람들이 있다는 게 신기하고 경이로웠다. 그러나 나는 고통을 느꼈다. 밥을 먹다가 나는 우리가 어떻게 이곳에서 살게 되었는지 아버지에게 물어보았다. 아버지는 기억이 안 난다고 했다. 그건 너무 오래된 이야기라고 했다. 아버지가 남쪽 고향을 떠난 건 당신이 아홉 살 때였다. 누구

have passed through this Bongcheon-dong shantytown. They were so badly off they went into hiding. In fact, I bet tons of people have come through here."

It's amazing he knows so much about Bongcheon-dong. For the first time, I look him in the face. Rather than attraction, I feel a delicious intimacy. It's just as he said. Not many Bongcheon-dong residents were actually born in Seoul. You can see this whenever election results are announced. My father isn't from Seoul either. He travelled a great distance to get here.

Before we part, I ask where he lives, and he replies, "Bundang." After we part at the subway station, I come out of Exit 3 in the direction of Gwanak-gu district office. Now I understand why people ask each other where they live. I walk slowly for about five minutes, and it seems like an unusually long time.

An image of people dragging their homes after them becomes stuck in my mind when I read Annie Proulx's *The Shipping News*. Somewhere in the book, the Quoyles, a clan of pirates, tie rope around a house and pull it from Gaze Island across the sea

도 다시는 아버지가 고향으로 돌아갈 수 없을 거라는 사실을 알고 있다. 아버지만 제외하곤. 아버지는 집을 너무 멀리까지 끌고 왔다. 봉천동은 아버지의 제2의 고향이 되었다.

봉천동은 봉천리였던 1933년 당시 인구 1인당 면적이 1,212평 정도로 인구수가 매우 적은 마을이었다. 사람들은 논농사를 짓고 살았다. 장이 서고 지금의 봉천고개인 살피재고개에 이따금씩 호랑이가 나타나 조용한 마을을 놀라게 했다. 저습지대였기 때문에 마누라 없이는 살아도 장화 없이는 못 산다는 마을이 여기였다. 현재 관악의 새로 지정된 까치가 울고 관악의 꽃인 철쭉이 피었다 졌다. 계단식 논이 있던 자리에 집들이 들어서기 시작했다. 급격히 늘어나는 인구 때문이었다. (내가 산책을 하는 시간은 저녁 아홉 시나 열 시쯤이다. 그 시간에도 사람들은 너무나도 많다. 봉천동 사람들은 밤늦게 귀가하고 부지런한 새보다 먼저 일어난다.)

봉천동에 변화가 일기 시작했다.

1961년 당시 7,104명에 불과하던 인구가 1965년에는 10,134명, 십 년 후인 1975년에는 그 세 배로 폭발적으로 증가했다. 이는 비단 관악구 지역만의 현상이

and ice to a new settlement area. The scene unfolds in front of me like a video embedded in print. I see the stumps supporting the floor; the rope swaying dangerously, wrapped tightly around every corner of the house; I see the sweat and exhalation of the people as they pull the boats, snow stinging their cheeks. I think it's marvelous that besides things like crabs or shellfish, there are people who pull their homes around with them. But at the same time, my heart aches.

We're eating when I ask my father how we came to settle here. He says he doesn't remember, that it happened too long ago. He left his hometown in the south when he was nine. I feel for him because we know something he doesn't: he can't go back. He has dragged his house too great a distance, and Bongcheon-dong has become his second home.

In 1933, when Bongcheon-dong was known as Bongcheon-ri, it was a very small community with a population density of only one person for every 1212 *pyeong*.[2)] People made their living tending rice paddies. The market was held at a place called Salpijae Ridge, now known as Bongcheon Ridge, where a tiger would appear from time to time and surprise the quiet village. Because the land was so

아니라 새로 편입된 몇몇 변두리 지역의 공통된 현상이었다. 가장 큰 원인은 도심의 불량주택 철거정책에 따른 철거민의 집단 이주 때문이다. 관악구 지역에 철거민 이주 정착단지가 조성되기 시작한 것은 1963년 9월 용산구 해방촌 철거민이 관악구 철거민 수용소로 집단 이주하면서부터였다. 신림동 철거민 수용소 입주가 끝나고 난 다음해에는 수해로 인한 이재민 3,600여 가구가 관악구 지역에 이주해옴으로써 봉천동엔 본격적으로 철거민 정착촌이 형성되기 시작하였다.

1965년 7월 15일, 16일 이틀간 중부 이북지방에 내린 집중 호우로 막대한 수해가 발생했다. 이촌동과 영등포지구의 하천 연안 일대에 피해가 커 수재민이 생겼다. 서울시에서는 '수재민정착계획'을 마련해서 봉천동에 국유 임야 8만 평을 확보하여 이곳에 300가구를 수용하며 50가구에 우물과 변소를 설치한다는 내용을 발표했다. 이후 1966년부터 1968년 사이에 청계천, 목동, 여의도, 도동, 창신동 등지에서 철거민들이 이주해옴으로써 관악구 지역 곳곳에 밤골, 산동네, 화재민촌 등으로 불리는 대규모 철거민 집단 정착촌이 생겨난 것이다. 이곳이 불과 얼마 전까지만 해도 달동네라고 불렸

wet, people quipped you could get by without a wife, but not without a pair of good rubber boots. The magpies, now the official district birds, chirped; the azaleas, now the official district flowers, bloomed and faded. But housing lots began to displace terraced rice paddies on the hillside due to sharp increases in population. (I take walks in the evening at about nine or ten. Even at that time, there are tons of people about. In Bongcheon-dong, the people come home late at night and rise in the morning before even the birds.)

Then Bongcheon-dong began to see big changes.

In 1961, there were only 7,104 residents, but in 1965 the population reached 10,134, and within ten years this number tripled. The same thing was happening in several other areas on the outskirts that were being incorporated into Seoul. This growth could largely be attributed to the mass migration of squatters after the government decreed that non-regulation housing was to be demolished in the city center. The Gwanak-gu district was first promoted as a settlement area in September, 1963, when a camp was created here for the wave of people displaced from the Haebangchon, Yong-

던 봉천2동, 봉천3동, 봉천5동 지역 일대다. 무분별한 주택정책은 그 후로도 계속되었다. 서울시에서 발행한 『서울육백년사』(제5권)에는 광복 후 1960년까지 서울시 무허가 불량주택에 관해 매우 자세하게 기록되어 있는데, 정착지에 관한 부분을 소개하면 다음과 같다.

서울시는 또 한 걸음 나아가 이른바 定着地라는 것을 만들기 시작하였으니 1959년 초부터의 일이다. 정착지라고 함은 교외의 넓은 산허리를 적당히 整地하여 지형에 따라 8~12평 정도로 분할한 후 도심부 또는 간선도로변의 판잣집이나 수재—화재민을 이주시킴으로써 새로운 판잣집을 세우게 한, 말하자면 無許可板子집의 장소적 移轉政策이었다. 이 계획은 1959년 초부터 착수되었으며 당초의 계획은 미아리 120만 평에 34억환의 예산을 들여 삼 년간의 연차계획으로 대대적인 택지조성을 함으로써 문화촌을 계획하였으나, 이 계획은 1959년 제1차년도분 3만 평을 整地하여 여기에 2,934가구를 이주—정착시킴으로써 끝이 났다. 당초 120만 평의 계획이 겨우 30,000평 2,934가구분으로 끝이 난 것은 정지공사와 이주정책의 진행 중에 4·19의거, 과도

san-gu district. A year after the Sillim-dong camp for displaced people filled to capacity, 3,600 families victimized by floods moved to Gwanak-gu and Bongcheon-dong really took on the character of a resettlement zone.

In a two-day period from July 15th to July 16th, 1965, torrential rains led to a huge flood in central Seoul. River banks in Ichon-dong and Yeongdeungpo-gu were severely damaged, and people were left destitute. The Seoul government prepared a resettlement plan for the victims, announcing that in Bongcheon-dong, 80,000 *pyeong* of publically owned land would be developed to accommodate 300 households as well 50 residential wells and latrines. After that, due to an influx of residents from places like Cheonggyecheon, Mokdong, Yeouido, Do-dong, and Changsin-dong from 1966 to 1968, massive squatters' settlements came into being in Gwanak-gu, with names like Bamgol, Sandongnae or Hwajaeminchon. These places, comprising Bongcheon 2-dong, 3-dong and 5-dong, were known as moon villages[3)] until not very long ago. Ill-advised government housing strategies continued on after that. *A 600-Year Chronology of Seoul, Vol. 5*, published by the city, contains

정부, 제2공화국 등 행정의 공백기에 그 주변 일대에 걷잡을 수 없이 많은 무허가 판잣집이 난립한 때문에 더 이상 공사를 진척할 수 없는 상황에 도달한 때문이었다. 그리고 이 미아리 정착지사업은 선례가 되어 1962년 이후 1970년까지에 걸쳐 성북구 정릉동, 상계동, 중계동, 도봉동, 창동, 쌍문동, 번동, 공릉동, 영등포구 구로동, 신정동, 염창동, 사당동, 시흥동, 관악구 봉천동, 신림동, 성동구 거여동, 가락동, 하일동, 오금동 등 20여 지구에 모두 43,509가구분의 판잣집 정착촌을 만듦으로써 이곳을 중심으로 그보다 몇 배 되는 무허가 건축물의 난립을 초래했다.*

내가 살았던 봉천동 산1번지. 나는 동네 아이들과 아카시아꽃을 따먹으러 쏘다녔고 밤이면 빨간 내복을 입은 채 마술사가 되는 꿈을 꾸었다. 새벽에는 아버지가 우리 세 자매를 깨웠다. 아버지는 딸들을 앞세우고 산에 올랐다. 산을 오르면서도 우리는 기술적으로 꼬박꼬박 졸았다. 봉천동의 아이들은 신나게 뛰어놀았다. 집은 게딱지처럼 좁았지만 산은 컸고 길은 넓었고 친구들은 많았다. 어른들은 벽돌과 슬레이트로 아무 데나 뚝

a detailed record of the unlawful residential building for the period from liberation until 1960. An excerpt dealing with the settlement areas is printed below.

The city of Seoul took another step forward and began constructing settlement towns early in 1959. Broad tracts of land on the mountain slopes just outside the city were divided into 8-12 *pyeong* plots according to topography, and the ground was leveled. It was official policy to evict residents living in illegal, unregistered housing, so squatters from inside the city or along the main highways were taken to these settlement towns, where new plywood houses would be commissioned for them. According to the initial proposal, 3.4 billion *hwan* would be allocated to fund a grand, three-year program, constructing public housing on 1.2 million *pyeong* in Miari. In 1959, the first year of the plan was completed after builders finished groundwork on 30,000 *pyeong* and 2,934 households were moved. But the project came to a premature end when political upheaval diverted the government's attention. However, during the April 19 Revolution and the interim government and the second presi-

딱 집을 지어 올렸다. 아무 데나 물을 버리고 자주 싸웠다. 다리 밑에서 살던 친구도 있었다. 어른들은 모두 가난했다. 늘어나는 노동력을 흡수할 만한 산업시설이 그때는 전무했다. 상·하수도를 비롯한 생활 편의시설이 부족한 건 말할 필요도 없었다. 도시빈민층이라는 말은 그때부터 생겨났다. 내가 서너 살 무렵에 봉천동으로 이사를 온 게 사실이라면 아버지도 수해 이재민이나 철거민들 사이에 섞여온 것은 아닐까. 하지만 봉천동엔 그 이후로도 인구가 더 늘었으니, 그건 이촌향도(離村向都) 현상 때문이었다.

1960년대에 접어들어 정부에서 계획하고 주도한 경제개발계획이 추진되면서 개발 분위기가 조성되었다. 그때부터 농촌 사람들이 대대로 살던 고향을 등지고 도시로 대이동하는 이촌향도의 사회현상이 확대되었다. 그 때문에 관악구의 인구는 칠 년 사이에 무려 열일곱 배나 증가하게 되었다. 이 같은 급격한 인구 증가는 무허가 불량주택이라는 심각한 사회문제를 야기시켰다. 관악구 봉천동·신림동 지역에 철거민 정착촌이 더욱 늘어나게 된 것이다. 그러니까 봉천동이 가난한 사람들이 모여서 만든 동네라는 건 확실한 것 같다.

dency terms, people took advantage of the absence of administrative control and rushed to build unregistered shacks throughout the territory. This meant that, even when construction was ready to resume, official construction could no longer proceed. The project in Miari was a precedent for settlement towns created in about twenty different areas from 1962 until 1970: Jeongneung-dong, Sanggye-dong, Junggye-dong, Dobong-dong, Chang-dong, Ssangmun-dong, Beon-dong, and Gongneung-dong in Seongbuk-gu district; Guro-dong, Shinjeong-dong, Yeomchang-dong, Sadang-dong, Siheung-dong inYeongdeungpo-gu district; Bongcheon-dong and Sillim-dong in Gwanak-gu district; and Geoyeo-dong, Garak-dong, Hail-dong, and Ogeum-dong in Seong-dong-gu district. These public housing projects accommodated a total of 43,509 households. Additionally, squatters scrambled to construct many times more unregistered sub-standard shacks in the same area.

I once lived in Bongcheon-dong San #1. I roamed the mountain trails with neighborhood children and picked acacia flowers to eat. At night,

수해 때문이 아니라면 아버지도 이촌향도를 한 것일까. 우린 어떻게 이곳에 와서 살게 되었어요? 라고 물었던 며칠 뒤 아버지는 지나가듯 말했다. 수남이 아저씨 때문이라고. 그분은 아버지의 가장 절친한 친구다. 수남이 아저씨가 봉천동에서 살고 있었다고 했다. 아버지는 거기까지만 말했다. 수남이 아저씨는 예전에 고향으로 돌아갔다. 수남이 아저씨의 딸이 국자였는데 그앤 내 친구이기도 했다. 국자는 아카시아나무를 타다 떨어져 죽었다. 봉천동에서 나는 여러 명의 친구를 얻기도 했지만 여러 명을 잃기도 했다. 지금은, 다 기억나진 않는다.

딱 한 번 전학을 간 적이 있는데 그건 봉천동에 인구가 너무 많아져서였다. 나는 관악구에서 가장 최초로 설립된 은천초등학교에 다녔다. 동부이촌동 및 서부이촌동, 용산 해방촌, 여의도 지역 등의 철거민들이 관악구로 이주 정착하면서 학급 수도 늘었다. 단 하나의 초등학교였던 은천초등학교에서 봉천초등학교, 당곡, 구암, 신봉초등학교가 각각 분리하여 개교하였다. 나는 오학년 때 구암초등학교로 전학했다. 졸업할 때까지 그 학교에 적응하지 못했다. 모두가 은천초등학교에서부

asleep in my burgundy polyester long-johns, I dreamt I was a magician. Dad used to wake the three of us sisters at sunrise and march us ahead of him up the mountain. We were careful not to get caught dozing as we walked. Children had so much fun playing in Bongcheon-dong. The houses were as small as seashells, but the mountain was high, the streets were wide, and there were friends all around. With a little brick and some slate, the adults slapped together houses in any old place. They dumped wastewater everywhere and fought constantly. We had some friends who lived under a bridge. All the adults were poor. At that time, Korea lacked the manufacturing facilities to absorb the burgeoning urban labor force. It goes without saying that the country lacked infrastructure such as running water and sewage lines. The phrase, "the urban poor," was coined around this time. If it was true that we moved to Bongcheon-dong when I was two or three, wouldn't that have meant that Dad came in together with the flood victims or the squatters? After we moved in, the population swelled even more due to rural-urban migration.

As the 1960s began, the government implemented their new Economic Development Plan, setting

터 알던 친구들이었지만 우린 더 이상 함께 어울리지 않았다. 서먹해졌고 빨리 멀어졌다. 어느 때 생각하면 나는 초등학교를 중퇴해버린 것 같은 느낌이다. 마치 나의 아버지처럼.

요 며칠 아버지는 나를 피하는 눈치다. ……아버지는 내가 봉천동에 관해 쓰기 시작했다는 걸 눈치 챈 것이다.

낮잠을 자다 깨어났다. 어쩐 일인지 아버지 목소리가 집 안에 우렁우렁 울렸다. 아래층으로 내려갔다. 아버지는 수화기를 들고 김수남을 찾는다는 말을 되풀이하고 있었다. 나는 얼른 전화 호크를 눌러버렸다. 수남이 아저씨는 왜요? 물난리가 안 났냐. 수남이 아저씨가 죽은 지가 벌써 언젠데요. 아버지는 신발을 신었다. 어디 가세요? 나도 갈 데가 있다. 아버지는 휑하니 계단을 내려갔다. 나는 텔레비전을 끄기 위해 리모컨을 집었다. 텔레비전에서는 영동 지방의 수해복구 현장을 보여주고 있었다. 태풍 뒤의 무더위 속에서 추석을 앞둔 사람들이 너나 할 것 없이 땀을 흘리고 있었다. 수남이 아저

the tone for rapid development and exacerbating the trend towards urbanization. Dating from this time, people whose families had farmed for generations left their hometowns and moved *en masse* to the city. Gwanak-gu's population increased seventeen-fold in seven years. This dramatic increase brought about problems with unlicensed residential buildings while still more settlement towns popped up in Bongcheon-dong and Sillim-dong, Gwanak-gu district. It would seem accurate to say that Bongcheon-dong was a neighborhood created by the poor people who had come together here.

So if Dad wasn't a flood victim, was he part of the rural-urban migration movement?

A few days later, I asked him, "How did we come to live here?"

He replied indifferently. "It was Uncle Su-nam's doing."

Dad said that Uncle Su-nam, his best friend, had been living in Bongcheon-dong, and that was all he'd tell me. Uncle Su-nam returned to his hometown long ago. His daughter Guk-ja was my friend who had climbed up an acacia tree and fallen off and died. I made many friends in Bongcheon-

씨의 고향은 강릉이다.

나는 방으로 올라와 망원경을 꺼내들고 창가에 걸터앉았다. 갈 데라고 해봐야 봉천동 안일 것이다. 그건 아버지와 내가 친구가 거의 없다는 공통점 외에 한 가지 더 닮은 점이다. 아버지와 나는 가끔 봉천동에서 우연히 만난다. 아버지는 나를 아는 척하지 않고 나 역시 이제는 무심히 아, 하고는 그냥 지나쳐버린다. 아버지는 지금쯤 봉천 중앙시장이나 관악프라자 앞을 걸어가고 있을 것이다. 봉천 중앙시장이 생긴 건 1969년이니 거의 내 나이와 엇비슷하다. 이들 재래시장은 대부분 시설이 노후하고 영세해 주민들의 욕구를 충족시켜주지 못하고 있는 실정이다. 그래서 관악구 지역은 백화점 및 대형 쇼핑센터를 적극 유치하기 시작했다. 그 결과가 오 년 전에 들어선 관악 롯데백화점이다. 나의 어머니는 지금도 봉천 중앙시장에서 장을 보지만 내 친구 Y만 해도 백화점 지하 마트를 이용한다. 시장이 활기를 잃은 건 오래전부터다.

아버지 모습은 망원경에 잡히지 않았다. 아버지는 또 자운암에 올라갔을까. 거긴 서울대학교 중턱에 위치한, 무학대사가 창건한 사찰이다. 당신 집 한 채를 짓고 난

dong, and I'd lost many too. I don't remember all of them now.

With all the new residents that poured into Bongcheon-dong, I had to transfer schools. At the time, I was attending the first primary school ever established in Gwanak-gu: Euncheon Elementary. As squatters came in from places like Yeouido, Dongbu, Seobu Ichon-dong, and Haebangchon in Yongsan, the number of classes in each grade increased. One school, Euncheon Elementary, multiplied into several as the district established the Bongcheon, Danggok, Gu-am, and Sinbong Elementary Schools. In the fifth grade, I transferred to Gu-am Elementary, but even by the time I graduated I hadn't adapted to the new environment. Although the children were all familiar from Euncheon Elementary, we no longer hung out. We felt awkward together, and quickly grew apart. Sometimes thinking about it now, I feel like I dropped out of elementary school, just like my father did.

The past few days Dad has been avoiding me. He can tell that I've started writing about Bongcheon-dong.

아버지의 다음 소원은 사찰을 한번 맡아 짓는 것이다. 그 소원은 어쩐지 이루어질 것 같지는 않다. 요즘은 아버지가 낸 교차로 광고를 보고 전화가 걸려오는 일도 거의 없다. 자운암에 간 게 아니라면 아버지는 관악산에 올라갔을 것이다. 관악산 맨 꼭대기에는 연주암이 있다. 거기 있는 연주대는 신림9동과 남쪽 경기도 과천시의 경계에 우뚝 솟은 자연 바위벽이다. 관악의 센 정기를 누르기 위해서 연주대 위에는 작은 못이 있다고 하는데 나는 한 번도 가보지 못했다. 관악산은 개성의 송악, 가평의 화악, 파주의 감악, 포천의 운악과 함께 경기 5악 중 1악으로 장엄하면서도 수려함과 아름다움을 겸비하여 경기의 금강이라 일컬어져 왔다. 일명 백호산이라고도 불렸다. 아버지는 그 백호산의 다람쥐였다. 하지만 아버지는 그 산에서 떨어진 적이 있다. 그건 아버지의 의지였다.

봉천 일대가 훤히 내다보였다. 내가 태어나고 자란 곳이다. 여기가 아버지의 고향이라면 내 고향이기도 할 것이다. 지금으로부터 삼십여 년 전, 철거민·이재민들이 몰려들기 시작하면서 형성된 마을. 지금도 태풍이 오는 밤이면 집이 날아가지 않도록 아버지가 집을 꽁꽁

I wake from a nap. For some reason, Dad's voice is ringing throughout the house. I go down to the main floor. He's holding the telephone receiver, telling someone that he's looking for Su-nam Kim. I quickly press down on the hook.

"What's this about Uncle Su-nam?"

"There's been a flood, hasn't there?"

"Uncle Su-nam has been dead for how many years?"

Dad puts on his shoes.

"Where are you going?"

"I've got places to go, you know," he says, bounding down the stairs.

I pick up the remote control to turn off the TV, which is showing footage of post-flood reconstruction in Gangwon-do province. It's just before the Harvest Moon Festival, and the people are covered in sweat, laboring in the muggy heat. It's the province where Uncle Su-nam's hometown is located.

I go up to my room, get out the binoculars, and perch on the window ledge. If he has somewhere to go, it's sure to be in Bongcheon-dong. I have this in common with him, along with the fact that neither of us have many friends. Sometimes we run

묶어대는 소리가 들리는 곳. ……그러나 이러한 역사와는 상관없이 나는 지금껏 봉천동을 떠나기 위해 필사적으로 노력했다.

친구들은 대개 봉천여자중학교나 당곡중학교로 배정받았다. 나는 이제 막 개교한 신대방동의 한 여중으로 가게 되었다. 내가 봉천동을 벗어나게 된 순간이었다. 고등학교는 훨씬 더 먼 곳으로 다녔다. 내가 다니던 중학교에서 딱 세 명만이 그곳에 배정받았다. 버스가 한강을 지날 적이면 가슴이 뛰는 것을 느꼈다. 나 혼자 한강을 지나서 어딘가를 가본 적은 그때가 처음이었다. 광화문과 정동은 내가 생전 처음 보는 장소, 생전 처음 보는 사람들로 수두룩했다. 초등학교는 비록 봉천동에서 나왔지만 중학교와 고등학교는 집에서 점점 더 먼 곳으로 다닌 것이다. 이렇게 점점 더 봉천동에서 멀어지고 있는 거라고 생각했다. 내 꿈은 이루어지는 듯했다. 이제 대학만 가면 되었다. 여기보다 더 먼 곳. 지방이라면 더더욱 좋을 것이다. 내 꿈은 수없이 바뀌었지만 집을 떠나야겠다는 꿈만큼은 시간이 흘러도 변하지 않았다.

into each other out and about in the neighborhood. He doesn't acknowledge me, and, of course, I just make some kind of sound recognizing him before passing him by indifferently. Right about now, he'll be walking through Bongcheon Central Market or Gwanak Plaza. The market opened in 1969, so it's nearly as old as I am. What minimal facilities they have at these markets are mostly in a dilapidated state, incapable of satisfying the demands of local residents. Gwanak-gu has responded by actively enticing department stores and large shopping centers to the area. One result has been the construction of the Gwanak Lotte Department Store five years ago. Although my mother still does her shopping at the market, people like my friend Y patronize the basement supermarket in the department store. The old markets have been in decline for years.

I can't spot my father using the binoculars. Perhaps he's gone back to Ja-unam hermitage, a small temple founded by the Venerable Monk Muhak located on the same hillside as S Uni. After building his own house, my father's next dream is to build a temple. He'll probably never be able to do it. These days hardly anyone calls regarding his ads in the

대학 입시에 거푸 실패하고 나자 아무 데도 갈 데가 없었다. 봉천동을 벗어나는 건 도무지 불가능해 보였다. 나는 도로 집으로 돌아오고 말았다. 그동안 봉천동은 구청장이 바뀌고 민둥산이 뭉텅뭉텅 깎여나가기 시작했다. 실업자가 줄어들었다. 그땐 아버지도 바빴다. 삼 년 후, 나는 가출을 했다.

헤어진 애인에게 전화가 왔다. 자동차를 샀으니 드라이브나 한번 하자고 했다. 서로 무슨 마음이 남아 있는 게 아니었으므로 선선이 그러자고 했다. 그는 봉천 중앙시장 앞까지 차를 몰고 왔다. 아무튼 남자들의 과시욕은 알아줘야 한다니까. 나는 속으로 투덜거렸다. 커다란 흰색 자동차가 시장통 입구에 서 있는 건 역시 어울리지 않았다. 북한강을 바라보며 점심을 먹었다. 과시욕이 아직 성에 차지 않은 모양이었는지 그는 나를 집까지 바래다주겠다고 했다. 남태령을 넘었다. 그때 나는 수년 전 이 고개를 넘으면서 가출 끝의 남루한 모습으로 집으로 돌아오던 나를 봤다. 여태도 사무치는 게 있었던지 삐죽 눈물이 났다. 그때 나는 얼마나 봉천동으로 돌아오고 싶었는지 모른다. 그날 결국 그는 나를 집까지 데려다주지 못했다. 차도가 꽉 막혀 있었다.

classifieds. If he hasn't gone to Ja-un, he must be up Mt. Gwanak. At the very top is the Yeonju-am hermitage. There, rising to form the boundary between Sillim 9-dong and Gwacheon City, Gyeonggi-do province, is a natural rock wall known as Yeonju-dae. I've heard there's a small nail driven into the top of it to dull the power of the mountain spirits, but I've never been up there. Mt. Gwanak, together with Mt. Songak in Gyesong, Mt. Hwaak in Gapyeong, Mt. Gamak in Paju, and Mt. Unak in Pocheon, is one of the five rocky peaks of Gyeonggi-do province. Combining majesty with beauty and grace, it has come to be known as Gyeonggi's Diamond Mountain. Mt. Gwanak is also called Mt. Baekho, the White Tiger Mountain. My dad is the busy squirrel of Mt. Baekho. He fell down the mountain once, but it was on purpose.

I look out over Bongcheon-dong, the place I was born and raised. It's my father's hometown, so it must be mine too. It was formed 30 years ago when squatters and disaster victims started crowding in. Even now, when I hear typhoons hit on certain nights, I hear the sound of Dad battening down the house so it won't blow away. But despite my long history here, I was desperately trying to leave

그는 네 시까지는 다른 동네로 가야 하는 형편이었다. 나를 내려준 그가 샛길로 우회전을 했다. 나중에 듣게 되었는데, 거기서 사고가 났다. 서툰 운전 솜씨 때문이었다. 한 여자가 통원치료를 받게 되었다. 그는 생각보다 꽤 많은 액수를 부담해야 했다. 그 소식을 들었을 때 나는 고것 참 깨소금 맛이다, 했다.

남태령은 18세기 말 조선 정조 때 과천현 이방이던 변씨가 여기가 어디인고? 묻는 임금에게 남녘으로 넘어가는 큰 고갭니다, 라고 아뢰서 붙은 지명이라고 한다. 하지만 남태령이 사람들 입에 오르내리게 된 건 천 년 묵은 여우가 사람으로 변해 나타났다는 전설이 전해지는 곳이기 때문이다. 그래서 '여우고개'라고도 불린다. 그날 그는 21세기에 나타난 신종 여우에게 홀렸던 것이다. 전적으로 내 생각이다. 그리고 그것이 한동안 나를 유쾌하게 했다. 그가 새 여우에게 홀려서였을까. 그날 이후 우리는 한 번도 만나지 않게 되었다. 지금은 그곳이 지하철 4호선 개통과 과천 서울대공원의 개장으로 교통의 요충지로 변해버렸지만 내가 가출해 돌아오던 그 무렵만 해도 어둡고 한적한 고개였다. 끝없이 휘어진 긴 길이었다.

until recently.

Most of my friends were assigned to Danggok or Bongcheon Girls' Middle School. I was sent to a middle school that had just opened in Sindaebang-dong. That was when I first left Bongcheon-dong. Then for high school, I went much farther afield. Only three students from my middle school went to that high school. When I took the bus across the Han River for the first time, I felt my heart begin to race. I'd never crossed the river and gone somewhere on my own before. I saw Gwanghwamun and Jeongdong. They were filled with spots I'd never visited. So although I attended elementary school in Bongcheon-dong, I drifted farther away for middle and high school. It seemed my dream was coming true: I was gradually distancing myself from Bongcheon-dong. All I had left was to attend university someplace more distant still, or better yet, attend university outside of Seoul. I had other goals that kept changing, but no matter how much time passed, I always wanted to leave Bongcheon-dong.

It seemed impossible to leave. After failing the university entrance exam several times, I ended up

다시 여길 떠나야겠다고 작정한 건 아버지 때문이다. 내가 다시는 관악산에 올라가지 않게 된 것도.

아버지가 실종되었다. 폭설이 쏟아지던 날이었다. 가족들의 생계가 걸린 문제였으니 그땐 아버지 인생 중 가장 힘든 시기였을 것이다. 사방팔방으로 아버지를 찾아다니던 가족들은 실종신고를 냈다. 밤이 참 길었다. 새벽에 아버지는 의식을 잃은 채 돌아왔다. 젖어 김이 나기 시작하는 몸은 온통 상처투성이었다. 아버지가 드디어 죽었다고 생각한 나는 차분히 엄마와 경찰들의 이야기를 엿들었다. 아버지는 관악산의 깊은 계곡에서 발견되었다. 아버지는 폭설주의보가 내린 날 산으로 들어갔다. 목탁바위나 고래바위에 앉아서 소주를 마셨다. 아버지는 뛰어내렸다. 그게 내가 한 추측이다. 뛰어내린 것만 빼면 모두 사실이다. 뛰어내린 건지 떨어진 것인지는 엄마도 경찰도 몰랐다. 하지만 백호산의 다람쥐가 그깟 바위 하나에서 잘못 떨어졌다는 건 말도 안 되는 소리다.

안방 불을 끈 채 엄마는 젖은 아버지의 옷을 모두 벗겼다. 엄마는 나를 안방에 들어오지 못하게 했다. 물을 끓이는 것도 수건과 대야를 안방으로 들이는 일도 모두

having to return home again. There was a new chief in the Bongcheon-dong ward office, and workers had started cutting chunks out of the mountain. Unemployment was low then, and Dad was busy too. It was three years later that I ran away.

An ex-boyfriend calls. He suggests we go for a drive in his new car. Because we don't have any feelings left for each other, I accept without reservations. He drives his large white sedan to the busy entrance of Bongcheon Central Market where it seems out of place. What an ego he has, I think to myself. We have lunch overlooking the North Han River. He offers to take me home, as if he still feels the need to impress somebody. We pass over Namtaeryeong. Many years ago, I came up over the same hill on my way home after running away. Picturing the image of my miserable, ragged self returning, tears come to my eyes, as if I still felt the same pain. There was nothing I wanted more at that time than to return to Bongcheon-dong.

It turns out my ex-boyfriend can't take me home. The traffic is all backed up and he has to be somewhere else by four o'clock. After finally letting me out, he takes a right down a narrow alley. Later I

혼자 했다. 불 꺼진 방에서 엇갈린 두 겹의 숨소리가 들려왔다. 집은 고요했다. 나는 까치발을 하고 안방 가까이 다가갔다. 어둠이 눈에 익었을 때 엄마가 아버지의 알몸을 닦아내면서 울음을 참고 있는 걸 보았다. …… 그래, 당신은 그렇게 죽어. 나는 멀리 떠날 것이야. 저 지긋지긋한 관악산이 보이지 않는 곳으로. 누가 뭐래도 내 마음은 그때 봉천동을 완전히 떠났다. 의식을 잃은 아버지를 싸늘하게 쏘아보았다. 그 순간 나는 궁사가 되려던 꿈을 포기했다. 내 꿈이 또다시 달라지는 순간이었다. 어둠 속의 형체가 더욱 뚜렷해졌다. 내가 맨 처음으로 본 페니스는 아버지의 것이었다. 그것은 까맣고 희미하고 젖은 어떤 늘어진 덩어리였다.

아버지의 원래 이름은 도(都)자 수(秀)자였다. 명이 짧다는 사주 때문에 친할머니는 아버지의 이름을 돌아올 회(回), 날 생(生)자로 바꿔주었다. 죽고 싶어도 죽지 못하는 사람들이 있다. 가족들과 달리 나는 아버지가 사라져도 아버지를 찾지 않는다. 일절 말도 없이 이따금 사라지는 건 가족들의 관심을 끌기 위한 방법일지도 모른다. 너무 빨리 찾으면 아버지가 실망할 것이다. 아버지의 이름을 바꿔준 친할머니는 일 년 후 자살하였다.

hear there's an accident; he's not a seasoned driver. He ends up getting stuck with quite a bill for the woman getting treatment. When I hear about this later, I think that he had it coming.

Sometime at the end of the 18th century, the reigning monarch, King Jeongjo, asked, "Where are we?" to which Byeon, the Gwacheon county government official, responded, "We're on the hill we need to pass over to get to the south side," and that is how Namtaeryeong got its name. *Nam* means "south," and *taeryeong* means "steep pass." But the area is better known as the home to a legend about a thousand-year-old fox that turned into a woman. Thus, it's also called Fox Ridge. It's possible that my ex-boyfriend was put under a spell by a new, 21st century species of fox-woman that day. Of course, it's just my imagination. For a long time, it amused me to think about it. Was he bewitched by some new fox? We were never to meet again. Now, with the subway station and Gwacheon Seoul Grand Park open, the hill has filled with traffic. But it was still dark and desolate even at the time I returned after running away. The long road wound on ahead, and I wasn't able to see to the end of it.

내 꿈이 바뀌었기 때문에 이번엔 꼭 대학에 가야 했다. 학교는 한강을 지나 서울역도 지나 시내 한복판에 있었다. 예전의 그 꿈이 또 다시 이루어지려는 듯했다. 그러나 이번엔 홀리지 않았다. 대학을 졸업하자마자 역시나 나는 다시 갈 데가 없어졌다. 그래서 얌전히 집으로 돌아왔다. 그게 지금까지 이어지고 있다.

저녁이면 나는 대문 밖으로 나간다. 여길 떠나려던 꿈이 매번 좌절되었기 때문일까. 돌연한 출분도 여행도 흥미를 잃었다. 나는 봉천동의 지도를 새로 만들기라도 할 것처럼 곳곳을 걷고 또 걷는다. 기분이 좋으면 고래처럼 경쾌하게 뛰기도 하고 상심한 날엔 이백 미터 주자처럼 바람을 가르고 달린다. 봉천고개를 낙성대를 서울대고개를 지난다. ……박재궁을 지나 살피재고개를 넘는다, 쑥고개를 지나 삼막골에 이른다, 호리목을 지나 구암마을로 간다, 꽃다리를 지난다, 청능말이 보인다, 늘봄길 二十三 番地로 간다. 거기가 나의 집이다.

추석이다. 차례를 지내기 바로 직전까지도 아버지는 텔레비전 앞을 떠나지 않았다. 집이 쓸려나간 자리에는 커다란 컨테이너가 세워져 있었다. 그 안에서 사람들은

Dad once did something that caused me to leave Bongcheon-dong and stop going up Mt. Gwanak.

He went missing the day of a snowstorm. He was feeling the burden of having to provide for us, and it was the hardest time of his life. After looking everywhere for him, we filed a missing person's report. It was a very long night. He came back to us at dawn, unconscious. Steam rose from his body, which was cut and bruised all over. Thinking my father had finally died, I calmly sat listening in on my mother's conversation with the police. He'd been found in a gully high up on Mt. Gwanak. Heavy snowfall warnings had been issued that day. I guessed that he'd been sitting on top of Moktak Rock or Gorae Rock drinking soju when he jumped off. That was my guess. Actually, that was more or less what happened, except the part about him jumping. Neither my mother nor the police knew whether he'd fallen or jumped. It was absurd, though, to suggest that the squirrel of Mt. Baekho could have stumbled and fallen on some inconsequential rock.

With the lights off in the master bedroom, Mom removed all of Dad's wet clothes. She wouldn't let me enter. She did the work of boiling water and

변변한 음식도 없이 차례를 지내고 있었다. 오후 내내 흐리고 비가 흩뿌렸다. 달을 볼 수 있을 거란 기대는 하지 않았다. 밤이 되자 두꺼운 구름 사이로 보름달이 떴다.

아버지와 나는 옥상에서 다시 만났다. 아버지는 달을 쳐다보고 있었다. 너, 아침에 봤냐? ……뭘요? 그쪽 사람들 말이야. 네, 봤어요. 참으로 큰일이다, 자꾸만 집을 잃는 사람들이 생기질 않느냐. 나는 고개를 끄덕거렸다. 그제야 아버지가 쳐다보고 있는 게 달이 아니라 난곡 쪽이라는 데 생각이 미쳤다. 거기서도 사람들은 지금 집을 잃고 있는 중이니까.

행정구역상으로 보면 난곡은 관악구 신림7동에 속한다. 난곡은 서울에 남은 최후의 달동네이기도 하다. 태풍 루사가 지나간 것처럼 거기도 폐허가 되었다. 지난 9월, 관악구의 재개발사업 시행 인가 후 2,500여 채의 가구 중 2,300여 가구가 난곡을 떠났다. 2006년에 그곳은 지금의 봉천동 일대처럼 3,300여 채의 거대한 아파트촌이 형성될 것이다. 아직 난곡에 남아 있는 사람들은 늦어도 내년 봄까진 그곳을 떠나야 한다. 지금 관악구의 가장 큰 현안이 바로 난곡이다. 철거는 지금도 진행 중이다. 난곡은 봉천동 이야기를 할 때 빼놓을 수 없는

bringing in a towel and basin herself. I heard the sounds of my parents breathing unevenly in the dark. The house was still, and I tip-toed towards the room. Once my eyes had adjusted to the dimness, I saw my mother dabbing my father's naked body with a towel, trying not to cry.

"All right, go ahead and die. I'm leaving. I'm going somewhere I'll never have to see that awful Mt. Gwanak again."

My heart left Bongcheon-dong for good that day. I glared at Dad, lying there unconscious. Right then I gave up on being an archer and dreamed of becoming something else. Shapes seemed more distinct in the dark. I'd never seen a penis before, and my father's hung there like a faint, wet, black blob.

His original name, Dosu, meant "excellent town." But when the fortuneteller said he'd die young, my grandmother changed his name to Hoesaeng. *Hoe* means "return" and *saeng* means "life." Some people can't die, even if they want to.

Unlike the other members of my family, I don't search for my father when he disappears. It's possible that by leaving without telling us, he's trying to solicit our attention and he might feel disappointed if we find him too soon. After she changed

동네다. 봉천동 주택재개발사업 때 봉천동 산동네에서 떠밀려나간 사람들의 일부가 난곡으로 옮긴 것이다. 어쩌면 그곳엔 두 번이나 집을 잃게 된 늙은 사람들이 있을지도 모르겠다. 봉천동을 거쳐 거기까지 간 사람들, 또 거기서 다른 낯선 곳으로 집을 옮겨야 하는 가난한 사람들. 나는 아버지가 어떻게 이 지상에 방 한 칸 가질 수 있었는지, 어떻게 지금까지 이 집을 잃지 않고 버틸 수 있었는지 몹시 경이로운 느낌이 들었다. 그럼 사람들은 또 어디로 갈까요? 그 사람들 이제 봉천동으로 다시 돌아오면 안 돼요? 나는 아버지에게 물었다. 봉천동에 관해서는 나보다 아버지가 더 많은 것을 알고 있으니까 아버지에게는 뭔가 남다른 해결책이 있을 것 같았다. 그 사람들, 다시 돌아오기 힘들다. 더 이상 깎아낼 산도 없질 않냐. 집은 사라져도 거기 살았던 사람들에 대한 기억까지 모두 잊어서는 안 되느니라. 남의 집을 지어주는 일로 한평생 먹고 살았던 아버지가 나에게 말했다.

이따금 자동차를 몰고 한강을 건너 이곳까지 나를 만나러 오는 H 생각이 났다. 그는 봉천동에 관해 잘 알고 있었다. 그의 여동생이 한때 이곳에서 살았다고 했다.

my father's name, my grandmother took her own life a year later.

I had a new goal so I had to go to university. My school was across the Han River and beyond Seoul Station, right in the heart of the city. Although I wasn't obsessed with leaving Bongcheon-dong anymore, it seemed like I was achieving my old dream. But then, having nowhere to go after graduation, I meekly returned home again, and nothing has changed since.

When the evening comes, I walk out the front gate. I've lost interest in sudden departures, or vacations, perhaps because I've been repeatedly frustrated in my attempts to leave. I walk all over Bongcheon-dong and back, as if I'm mapping out the area. When I'm in a good mood I bound like a whale; when I'm feeling down I cut through the wind like a 200-meter runner. I pass Bongcheon hill, Nakseong-dae, and S Uni hill. I pass Bakjaegung and come up over Salpijae hill. I pass Sukgogae, reaching Sammakgol, and then pass Horimok for Gu-am Village. Crossing Flower Bridge, Cheongneungmal comes into view, and from there I take Neulbom-gil, Forever Spring Road, #23. And that's where I live.

처음 그를 만나기 시작하던 무렵 나는 어쩌면 그가 나를 봉천동에서 벗어나게 해줄 수 있을지도 모른다고 기대했다. 한강 너머엔 아직도 다른 세상이 있을 것 같았다. 그 기대는 오래 가지 않았다. 나는 실망하진 않았다. 대신, 걸어다니는 것을 나만큼 H가 좋아한다는 걸 다행으로 여겼다. 그가 오면 관악구청 주차장에 차를 주차시키고 우리는 봉천동 일대를 끊임없이 걸어다닌다. 좋은 곳에 가 밥을 먹고 차를 마시는 건 누구와도 할 수 있는 일이다. 어느 날인가 나는 H의 손을 끌어당기며 이렇게 속삭였다. 아예 이쪽으로 이사를 오는 게 어때요? 어쩌면 나는 한강 너머로 내가 옮겨 살고 싶은 게 아니라 H를 봉천동으로 편입시키고 싶었는지도 모른다. 그러고 보면 나에게 친구가 별로 없다는 말은 틀린 데가 있다. 봉천동에서 한강을 건너 이태원 쪽으로 가면 지금은 이해할 수 없는 이유로 헤어진 친구 K가 살고 이수교를 건너 반포에는 O가 살고 동작대교를 건너면 S가 살고 있다. 보고 싶어도 볼 수 없는 건 거리 때문은 아닐 것이다. 그건 내가 봉천동에 살아서도 아닐 것이다. 하지만 모두들 가까운 거리에 살고 있다. 가까운 거리는 서울뿐만이 아니다.

It's Chuseok, the day of the Harvest Moon Festival. My father is glued to the TV until just before the ancestral ceremony. He's watching a large container that has been put up at a site where a house was washed away. Inside it, people are performing the day's rituals, even if their food offerings look plain. Because clouds are gathering throughout the afternoon, and there's a sprinkling of rain, I didn't expect the full moon to appear. But it bobs between thick clouds when night falls.

Once more I run into my father on the rooftop, gazing up at the moon.

"This morning, did you see?"

"What?"

"The people there."

"Yes, I saw them."

"It's serious. More and more people are losing their homes."

I nod.

I realize then that Dad isn't really looking at the moon; his thoughts have turned to Nangok, where people are in the process of being evicted.

From an administrative perspective, Nangok is a part of Sillim 7-dong. It's also the last remaining moon village in Seoul. It's in ruins, just as if ty-

관악의 상수도 현황에 관한 글을 읽고 나서 나는 마음을 고쳐먹기로 했다. 관악의 1인당 급수량이 서울시 평균에 비해 약간 많은 수치를 보이고 있었다. 1984년 그 물난리 이후부터 나는 집이 아닌 어디 다른 데 가서도 물만 보면 다 퍼쓰고 와야 직성이 풀리게 되었다. 그렇게 내가 쓰고 버리는 오염된 물이 우리 집 하수구를 통해 지금은 복개된 봉천천으로 흘러들어간다. 그 물이 신림5동, 신림주유소 부분에서 구로구와 영등포구의 경계인 마제천을 거쳐 안양천에 합류된 후 강서구의 한강 하류로 합류된다. 그리고 그 물이 인천 앞바다까지 흘러가는 것이다. 인천 앞바다의 물은 또 어디로 흘러 흘러갈까.

이제 봉천동은 서울특별시 25개 구(區) 중 일곱 번째로 넓은 구가 되었다. 우리 동네를 지나는 지하철 2호선은 서울의 중심부를 동서로 흐르는 한강을 사이에 두고 시청을 기점으로 하여 강북의 도심지와 강남을 연결하는 연장 48.8킬로미터의 순환선이다. 그걸 타면 누구든 만날 수 있고 어디든 갈 수 있다. 어디서도 봉천동은 그리 먼 데가 아니다.

봉천의 하늘 한가운데로 휘영청, 보름달이 떠올라 있

phoon Rusa had ravaged it. Last September, 2,300 out of 2,500 families in the area moved out when the Gwanak-gu district issued a permit for redeveloping it. In 2006, a hulking apartment complex with the capacity to house 3,300 families will be built, just like the ones throughout Bongcheon-dong. The last remaining residents will have to leave Nangok Village by spring. At the moment, the Gwanak government faces no graver concern. Demolition is going on even now. When speaking of Bongcheon-dong, it's hard to avoid mention of Nangok. When Bongcheon-dong was undergoing redevelopment and people were being forced out, some of them moved to Nangok. I bet a few of the elderly residents there have lost their houses twice or more, needy people who went from Bongcheon-dong to Nangok, and who must move to another unfamiliar place now. I marvel at how my father was able to get his own place and hold onto it.

I ask, "Then where will the people go this time? Can they just return to Bongcheon-dong?"

My father has a better idea about the area than I do, so he might know of some extraordinary solution.

었다. 키가 큰 아버지가 한번 껑충 뛰어오르면 정수리에 달이 닿을 것만 같았다. 지난 초여름에 상원사 적멸보궁에 올라간 적이 있었다. 거기서 보는 보름달이 기가 막히게 아름답다고 했다. 동행들은 어머 세상에 달을 이렇게 가깝게 볼 수 있다니! 감탄을 연발했다. 나는 흥 요까짓 것, 코웃음 쳤다. 봉천동, 내가 사는 집 옥상에서 보는 달은 그것보다 두 배는 크고 가깝게 보이기 때문이다.

아버지는 이제야 보름달을 쳐다보았다. 달이 꼭 무슨 말인가 걸어오는 듯 보였다. 아버지, 뭘 기도하실 거예요? 기도는 무슨 기도, 내가 더 이상 바랄 게 뭐가 있겠냐. 아버지는 늘 솔직하지 못하다. 하지만 이번에도 나는 그냥 속아주는 척 넘어간다. 아버지가 그런데 말이다, 하고 다시 말을 꺼내서 나는 깜짝 놀랐다. 저 달을 들어내면 하늘엔 뭐가 남겠냐? ……글쎄요. 나는 아버지처럼 짧게 대답했다. 잘 모른다거나 기억이 안 난다거나 하는 대답은 그 질문엔 어울리지 않았으므로 아버지 흉내를 낼 수 없었다. 저 달을 들어내면 하늘에 구멍 하나 남질 않겠냐. 너는 작가가 아니냐. 모든 사람의 생에는 구멍으로 남아 있는 부분이 있니라. 그 구멍을 오

"Those folks, it'll be hard for them to return. There's no land left to cut out of the mountainside. We must never forget the people who lived there, even when their houses are gone," he says. He's worked his whole life building houses for people.

I think of H, who sometimes drives across the river to meet me. He knows a lot about Bong-cheon-dong. He said his younger sister lived there for a while. When I first met him, I expected that he could somehow help me escape. There still seemed to be another world beyond the Han River. That hope was short-lived, but I wasn't disappoint-ed. Instead, I thought it was fortunate that H liked walking as much as I did. You can go for meals at nice restaurants or drink tea with just anyone, but when H comes, he parks his car at the district of-fice parking lot and we wander around and around the neighborhood together. One day, I grabbed H's hand and whispered, "How about moving here?" Perhaps I didn't want to move across the river. In-stead, I wanted H to come to Bongcheon-dong. Come to think of it, I *do* have friends. For some long-forgotten reason, I've become estranged from K, who lives across the river towards Itaewon. O and S live over the Isu Bridge and the Dongjak

래 들여다보너라. ……아버지, 전 어느 땐 양말이나 신발 신는 것부터 다시 배워야 하지 않을까 하는 생각이 들 때가 있어요. 무슨 그런 말을 하냐. 아버지는 나를 위로하고 있었다. 아버지. ……왜 그러냐? 벼룩시장하고 교차로하고 광고료가 그렇게 차이가 많이 나요? 얼마 차이 안 나면 다음부턴 그냥 벼룩시장에다 광고 내세요, 거기가 더 전화가 많이 온대잖아요. 내 일은 내가 알아서 한다. 아버지가 말했다. 그래요. 나는 고개를 끄덕이는 수밖에 없었다. 그래도 언제나 아버지를 믿는다는 말은 차마 하지 못했다. 그 말은 진심이 아닐 테니까. 달빛이 너무 밝았다. 아버지, 무슨 냄새 안 나요? 킁킁. 이리로 이사 왔을 적엔 저짝 중앙시장 일대가 제재소 아니었냐. 그럼 이게 나무 냄새란 말예요? 무우슨. 그럼 이게 무슨 냄새죠? 담배를 끊어야 할 모양이다, 나이 들수록 몸에서 나쁜 냄새가 나냐? 그럼 이게 겨우 담배 냄새란 말예요? 에이 아버지는. 그 냄새가 그 냄새 아니냐. 어느 날 내가 집을 떠날 때가 되어 돌아보니 부모는 이제 파파할머니가 되어 있었다. 아부지, 저 그냥 여기서 오래오래 살까 봐요. 나는 아버지에게 진심으로 말했다. 아니다, 넌 여길 떠나거라. 먼 데로 가라. 아버지

Bridge respectively. I want to see them and I don't, but it's not distance that divides us, and it's not because I live in Bongcheon-dong either. All of them are nearby. It's not hard to travel, even outside of Seoul.

After reading up on the current state of Gwanak-gu's water supply, I've had to change my thinking. There's a slightly greater amount of water supplied per person in Gwanak-gu compared to the city average. Ever since the flood in '84, anytime I have to use water, even outside my home, I only feel at ease after I've drained a bucketful. The water I waste travels down the sewer pipes, flowing into Bongcheon stream, which is now covered, and travels from the Sillim Gas Station area in Sillim 5-dong to the Maje stream, which forms the border between the Guro-gu and Yeongdeungpo-gu districts. After meeting up with the Anyang stream, the water empties into the lower Han River in Gangseo-gu district, pouring into the coast off of Incheon. I wonder where it goes after that.

Of the 25 districts in Seoul, Gwanak-gu is now the seventh largest in area. Subway Line 2 passes through it on its route up and down the Han River, which flows from east to west through the center

는 가서 다시는 돌아오지 마라, 는 말은 하지 않았다. 그래서 나는 그냥 봉천동에 눌러살기로 했다. 어디 가서 물난리 같은 걸 만나게 된다면 나는 우선 봉천동으로 돌아가고 싶어질 것이다.

달을 쳐다보는 아버지 눈은 간절한 데가 있었다. 아버지는 어떤 기원을 하고 있을까. 아버지가 새집을 짓는 동안 나는 다른 것으로 집을 지어야지. 그게 집을 지어 이백 년 됐을 때가 가장 튼튼해진다는 편백나무가 되길 바란다면 그건 꿈이겠지. 내 꿈은 아마 이루어지지 않을 것이다. 나는 언제나 너무나 큰 걸 바라니까. 그래서 나는 기도하지 않았다. 노란 달빛이 봉천동 일대로 한껏 쏟아지고 있었다. 우리 집은 봉천동에서도 높은 지대에 있다. 게다가 내 방은 옥상 위 높고도 높은 옥탑방이다. 달도 태양도 이웃이다. 奉天洞은 하늘에서 가장 가까운 동네다.

*『冠岳20年史』 참조

『국자이야기』, 문학동네, 2004

of the city. With City Hall as the center point, Line 2 connects the northern downtown area with the southern area on a 48.8 km circular track. You can go anywhere on it, or meet anyone. Wherever you may be, Bongcheon-dong isn't far away.

A glorious full moon has risen in the center of the sky. My father is so tall, it looks like he could hit his head on it if he made one giant leap. Last year in the early summer, I went to Jeongmyeolbo Pavilion at Sangwon Temple, where the view of the full moon was supposed to be breathtaking.

My fellow travelers were beside themselves. "My, to think we can see the moon up close like this!"

But I sniffed. "Is that it?" The moon appears doubly bright, doubly close from the rooftop of my home in Bongcheon-dong.

It's only now that Dad begins to actually stare at the moon. It looks as if it's on the verge of telling him something.

"Dad, what's your wish?"

"My wish? What wish? I have nothing left to wish for."

He's being disingenuous. But I just let it go as usual, pretending to believe him.

I'm startled when he speaks again.

"But the thing is, if you took that moon away, what would be left?"

"Hmm."

I answer cursorily, like he does. I can't imitate him exactly because answers like, "I don't know," or "I don't remember," don't match the question.

"Without the moon, wouldn't there be a gap in the sky? You're a writer, aren't you? A part of everyone's life is missing and can't be accounted for. Look long and hard into that gap."

"Dad, sometimes I think I have to re-learn everything, beginning with how to put on my socks and shoes."

"Don't talk like that," my father says to console me.

"Dad..."

"What?"

"Does it cost that much more to put ads in *Flea Market* than in *Crossroads*? If not, how about putting ads in *Flea Market*? They say you'll get more calls."

"I can take care of myself," Dad says.

I can only nod, "All right."

But I'm not able to tell him I always trust him. It won't ring true.

The moon is very bright.

"Dad, don't you smell something?"

He sniffs. "Isn't it from the sawmills that were here when we moved in? The sawmills that used to be where the Central Market is now?"

"Are you saying it's the smell of wood?"

"Definitely not."

"Then what is it?"

"I guess I'll have to quit smoking. You smell more as you get older."

"So you mean to say I'm smelling cigarettes? Dad. That's not it."

"It's all the same."

One day a while ago, the time arrived for me to leave home, and I turned around to find that my parents were old people with white streaks in their hair.

"Dad, I might just stay here for a long, long time," I'd told my father earnestly.

"No, you get the heck out of here. Go far away."

But he hadn't said not to come back. So I've made up my mind to just keep living in Bongcheon-dong. If I go somewhere and there's a flood, I'll only want to get back to Bongcheon-dong anyway.

Dad gazes at the moon, a fervent look in his eye. Could he be wishing for something?[4)] While he builds a new house, I'll build my own out of other materials. My dream is to build one of hinoki cypress, a material at its sturdiest when the house is 200 years old. But I always set my sights too high. This dream probably won't come true, so I don't make a wish. The moon floods everything with yellow light. Even within Bongcheon-dong, our house is high up on the mountain slope, and my room is high on the rooftop. The sun and moon are my neighbors in Bongcheon-dong, the neighborhood closest to the sky.

Translated by Kari Schenk

1) The area has been rezoned since, and the university is now located in Daehak-dong.
2) A *pyeong* is a traditional Korean unit of measurement often used when describing the area of a building. It is equal to 35.5883 square feet.
3) The word *daldongnae* literally means moon village, referring to a settlement on top of a mountain or hill and, thus, near the moon. As these kinds of areas were traditionally the poorest in the city, the word also connotes a slum.
4) The characters in this story are celebrating the Harvest Moon Festival, also known as Korean Thanksgiving, which is held annually in September or October depending on the lunar calendar. On the Harvest Moon Festival, people make wishes on the full moon.

해설

Afterword

‘봉천동’, 혹은 시간을 기억하는 공간

손정수 (문학평론가)

‘하늘을 받드는 마을’이라는 의미의 한자로 된 ‘봉천동(奉天洞)’은 지방으로부터 수도로 유입된 이주민들이 모여 살기 시작하면서 형성된, 서울의 남쪽 끝에 위치한 가난했던 동네였다. 평지에 발을 붙이지 못하고 가파른 산 위에 살아야 했던 곤궁한 삶을 위로라도 하듯 낭만적인 아이러니를 담고 있는 이름이다. 한국의 소설 독자들에게 그 ‘봉천동’은 조경란이라는 작가를 바로 떠올리게 만드는 지명이라고 해도 그리 틀린 말이 아닌데, 그렇게 되는 데에는 이 소설「나는 봉천동에 산다」(2002)가 결정적인 역할을 했다. 작가는 그 이전부터 자신의 주변의 생활공간을 소설의 주된 배경으로 설정했

Bongcheon and the layers of time

Son Jeong-su (literary critic)

Bongcheon-dong was a poor neighborhood that formed when rural migrants streaming into Seoul in the 1960s and 1970s began to settle on the southern edges of the city. Ironically, the name, which can be translated as "holding up the sky," is a romantic one, as if chosen to console the impoverished people who had to live on the steep slopes of Bongcheon-dong instead of on the flatter central lands. It wouldn't be a stretch to say that the literary figure Korean readers most associate with the name Bongcheon-dong is Jo Kyung-ran, and that the short story, "I Live in Bongcheon-dong" (2002) is primarily responsible for this association.

었는데, 이 소설에서는 '봉천동'이라는 고유명을 제목에 드러내기까지 하면서 삶과 허구의 연관을 바탕으로 글쓰기의 현실적 근거를 탐구하고 있다.

소설 속에 나오는 것처럼 작가는 봉천동에서 태어나 어린 시절부터 그 주변의 변화를 지켜보며 자라왔고 지금도 그곳에서 살면서 소설을 쓰고 있다. 그 표면만을 본다면, 이 단편은 작가 자신과 그의 가족의 역사를 고백적 어조로 기술하고 있는 사적인 내용을 담고 있는 것처럼 비칠 수도 있다. 하지만 시야를 좀 더 넓혀 바라보면, 서울의 변두리에 위치한 그곳에 사람들이 모여 살게 된 데에는 사회적인 배경과 맥락이 자리 잡고 있다. 우리는 작가가 소설 속에 제시한 실증적인 기록들을 함께 들여다보면서 그 역사적 과정을 되돌아볼 수 있다. 작가가 그곳에서 태어나고 자라게 된 것 역시 그의 가족이 그와 같은 사회적인 흐름에 속해 있기 때문이다. 그러니까 '봉천동'에 대한 작가의 탐구는 자신의 가족, 그리고 궁극적으로는 그 일부로서 존재하는 자기 자신의 정체성을 전체적인 사회적 맥락 속에서 확인하는 작업을 의미한다. 그 과정에서 작가는 자신과 아버지로 상징되는 세계와의 관계, 그 차이와 거리를, 또 그

In earlier stories, Jo established her own neighborhood and surroundings as the primary setting. However, in this instance, Jo goes so far as to feature the actual name of Bongcheon-dong in the title. With the connection between reality and fiction as her starting point, "I Live in Bongcheon-dong" serves as Jo's first in-depth investigation into the living history behind the work.

Like the narrator in her story, Jo was born and raised in Bongcheon-dong and grew up a witness to the dramatic changes in her neighborhood. To this day, she continues to live there while writing her fiction. On the surface, the story appears to be an account of her personal and familial history written in a confessional tone. But viewed from a slightly broader perspective, "I Live in Bongcheon-dong" shows the background and social context for the people who once gathered to live on the outskirts of Seoul. Jo was born and raised in Bongcheon-dong, meaning her family was caught up in the social transition as well. Her study of Bongcheon-dong, then, is a work that affirms her family's identity, and ultimately, affirms her own identity as part of that family, situated within the overall social context.

럼에도 불구하고 둘 사이에 존재하는 연관과 동질성까지 확인하게 된다. 아버지의 기억에 놓인 1972년의 수재와 '나'의 기억 속에 존재하는 1984년의 수재의 비교가 그것이며, 또한 아버지가 텔레비전을 보는 것과 '나'가 책을 보는 것의 대비 관계 역시 그에 대응된다. 작가의 봉천동 '걷기'는 그렇게 간격을 두고 벌어져 있는 '나'와 세계의 틈을 밀착시키고자 하는 몸과 사유의 운동이며, 그러므로 그것은 궁극적으로 '글쓰기'의 메타포라고 할 수 있다. 이 소설은 1인칭 시점을 취하고 있으며 그것도 자전적인 방식으로 기술되어 있지만, 그럼에도 그 시점이 궁극적으로 도달하는 자리는 '나'를 상대화, 객관화하는 3인칭이라고 할 수 있다. 그 지점에서 '나'는 소설 속에서 '구멍'이라는 상징으로 제시되고 있는, 보이지 않는 타자의 존재가 '나'를 둘러싸고 있다는 사실을 새삼 깨닫게 되기에 이른다.

올림픽 개최를 전후로 하여 서울 외곽의 무허가 주택지가 아파트 단지로 재개발되면서 '봉천동'의 모습도 크게 변화했다. 그리고 2008년 9월 1일 이후에는 행정구역 개편으로 그 지명도 역사 속으로 사라진다. 작가가 살던 봉천10동은 '중앙동'으로 이름이 바뀌었다. 작가에

In "I Live in Bongcheon-dong," the narrator's relationship with her father is symbolic of her relationship with the world—she is different and distant from him, and yet, despite this, they share connections and even some commonalities. We can see this duality in scenes comparing the father's memory of the flood in 1972 with the narrator's memory of the flood in 1984, or in a scene that contrasts her father's viewing of a television program with the narrator beside him reading. Additionally, the narrator's incessant walks around Bongcheon-dong are her way of using both mental and physical movements to bridge the gap that opens up between her and the world, and are ultimately, a metaphor for writing as well. The story is told from a first-person perspective, and so is autobiographical in style. At the end, though, it takes a third-person perspective as the "I" becomes relative and objective. The narrator in the story comes to realize anew that she is surrounded by invisible others, represented symbolically as holes.

Around the time when South Korea hosted its first Olympics, the country began rezoning the shantytowns on the outskirts of Seoul for apartment complex construction. Bongcheon-dong, in

게 그 사건은 단순히 주소가 변경된 것에 그치지 않는다. 그 고유명의 상실은 그곳에서 태어나고 자란 작가에게는 실존적 근거를 상실한 듯한 감정을 발생시킨다. 작가는 그 후에 발표한 「봉천동의 유령」(2010)이라는 단편에서 그 사건으로 인해 겪었던 감상을 기술하고 있다. '봉천동'은 현실 속에서 사라졌지만 작가의 삶과 의식 속에서는 여전히 '유령'처럼 남아 여전히 존재의 일부를 이루고 있다는 것을, 그 제목은 암시하고 있다. 이 대목에 이르러 우리는 「나는 봉천동에 산다」가 자기 정체성의 확인 및 글쓰기의 기원과 본질의 문제와 더불어 우리 공동체의 윤리적인 문제를 환기하는 사회적 의미를 담고 있다는 사실을 발견하게 된다. 조경란의 '봉천동'을 통해 우리는 급격한 사회적 변화 속에서 어느덧 사라져버린, 잊고 있었던 역사적 시간과 마주하고 있기 때문이다. 우리는 현재의 삶의 지층 아래 놓인 그 타자의 시간을 딛고 서 있는 것이다. '봉천동'은 그 시간을 기억하고 일깨우는 기표이다.

particular, underwent a fairly dramatic transition, ultimately culminating in the relegation of its very name to history. On September 1st, 2008, Bong-cheon-dong 10-ga, Jo's childhood neighborhood, was renamed "Jung-ang" for administrative reformative purposes. To Jo, this meant more than a simple change of address. Jo was born and raised in Bongcheon-dong, and the city's renaming left her feeling as if she'd lost the foundations of her existence. In "The Phantom of Bongcheon-dong" (2010), Jo would describe the emotions that this change aroused in her. Bongcheon-dong was physically gone, but the story's title suggests it remained an otherworldly presence in her life and consciousness; it continued to constitute a part of her existence just as it always had. Taking all of these impressions and experiences into account, "I Live in Bongcheon-dong" not only deals with the affirmation of the author's personal identity, the historical background to her fiction, and the question of her being. The story also has profound social import, directing our attention to the ethical problems of her spiritually devastated community. Jo Kyung-ran's Bongcheon-dong brings us face to face with a historical period that has long since disappeared in the wake of the country's rapid social upheaval. We live our current lives astride layers of history. Bongcheon-dong points us to those times, reawakening them, and reawakening us to them.

비평의 목소리
Critical Acclaim

조경란은 이 세상 어디에도 영원한 안전지대는 없기에 가족 아닌 사람과 집 밖에서 이루는 삶도 가족인 사람과 집 안에서 이루는 삶과 다를 바 없다고 생각한다. 이런 이유로 조경란의 움직임은 탈주를 포기한 자의 정체(停滯)가 아니라 탈주를 초월한 자의 소요(逍遙)에 가깝다. 도피나 칩거가 아니라 저항이나 인고에 해당한다. 딱딱하게 부딪치는 고체적 움직임이 아니라 부드럽게 스며드는 액체적 움직임이기도 하다. 그래서 '나'는 강제적인 억압에 의해 갇혀 있는 것이 아니라 자발적인 선택에 의해 집에 남아 있는 것이다. '나'는 떠나는 것이 아니라 남는 것을 선택했다. '나'가 원한 것은 가족의 거

Jo Kyung-ran doesn't believe anywhere in the world is permanently safe, so she doesn't discriminate between life lived with family members in the home and life lived with strangers outside the home. For this reason, the narrator's restless movement in "I Live in Bongcheon-dong" does not mean she is at an impasse and has given up on escaping. Rather, she has transcended her need to escape. Her movements can be classified as acts of opposition or endurance rather than flight or confinement. And her movements are not hard and unyielding like the movements of solid matter, banging against this or that obstacle, but gentle like

부가 아니라 재건이었기 때문이다.

김미현

조경란은 사건의 진행이나 행동을 중심으로 한 줄거리 이야기보다는, 슬그머니, 그것들을 둘러싼 정황, 그것들을 당하고 겪으며 치르게 되는 자리의 분위기, 사건의 느낌, 행위의 이면, 반응의 기미들로 우리의 관심과 궁금증을 미끄러트린다. 중요한 것은 줄거리가 아니라 그것들에 관한 이야기 속에, 마치 짧은 스웨터 틈으로 살짝 보이는 배꼽처럼 그 모습을 가림으로써 비밀스레 드러나는 진정한 주제라는 것을, 그것이 우리를 감응시킨다는 것을 그녀는 방법적으로 제시해준다. 이는 활달하면서도 자재로운 그녀의 독특한 문체에서 먼저 피어난다.

김병익

조경란의 소설에서 집과 가족의 이야기가 고백적 서사의 간곡함을 띠고 구체화되기 시작한 것은 '봉천동'이라는 지명이 등장하면서부터이다. 봉천동 이야기는 감각적인 이미지들의 섬세한 나열과 개인 내면의 응시를

a liquid, seeping into them. So the narrator is not forcefully imprisoned; she remains at home of her own free will. She doesn't want to reject her family; she wants to reconstruct her relationship with them.

Kim Mi-hyeon

Rather than focusing on action or the unfolding of certain events, Jo slowly excites our interest and curiosity with the circumstances that surround her characters, the atmosphere where her stories unfold, the feel of each incident, the background to her characters' actions, and the signs of their response. The actual storylines are not important, but rather what is implicit within them. Concealing the true subject is Jo's way of tantalizing us with an illicit view of it, as if giving us the hint of a belly button underneath a short sweater. And her method of story-telling is well suited to her writing style, balancing openness with restraint.

Kim Byeong-ik

When she first mentions the place name, "Bong-cheon-dong," Jo Kyung-ran brings all the sincerity of a confessional to her writing, and it is then that

출발점으로 한 조경란의 소설 여정에서 중요한 분기점을 이룬다. 서울 변두리 달동네의 고단한 삶을 담은 봉천동의 옥탑방은 주인공에게 문학과 글쓰기의 체험을 가능하게 한 상징적인 장소이다. 부조리한 외부의 세계와 쉽게 타협하지 않으려는 존재의 내면적인 고투가 발견한 실존적인 장소가 바로 봉천동인 셈이다.

백지연

the stories about her family and home life really start to take form. After focusing on the self-consciousness of the individual and compiling detailed lists of sensory images earlier in her career, "I Live in Bongcheon-dong" is an important turning point in Jo's development as a writer. The protagonist in the story lives in a rooftop room in Bongcheon-dong, a mountainside slum on the periphery of Seoul. Jo's story presents her room as a place that makes the experience of art and writing possible. An individual struggling not to compromise with the absurdities of her outside world, Jo has found somewhere she can truly belong: Bongcheon-dong, Seoul.

Baek Ji-yeon

조경란

조경란은 1969년 서울 봉천동에서 태어나고 자랐다. 고등학교 졸업 후 대학 입시에 실패하고 잠시 동안의 직장생활을 제외한 5년 동안의 기간을 집에서 책을 읽으며 지냈다. 이 고립의 시간이 그로 하여금 문학의 세계에 접근하도록 만든 계기였다. 독학의 시간을 거쳐 1994년 스물여섯의 나이로 서울예대 문예창작학과에 입학하여 본격적으로 문학 수업을 받는다. 처음에는 시를 쓰고자 했지만, 시에는 재능이 없다는 스스로의 판단과 지도교수에게 소설을 쓰는 게 어떻겠냐는 조언을 들은 후 점차 소설로 관심을 옮겨간다. 졸업을 앞둔 1996년 동아일보 신춘문예에 「불란서 안경원」이 당선되면서 작가로서의 삶이 시작된다. 이해에 첫 장편 『식빵 굽는 시간』이 문학동네 제1회 작가상에 당선되면서 문단의 주목을 받는다.

초기의 그의 소설은 주로 가족 관계에서 벗어나지 못하고 있는 미혼 여성의 예민한 의식에 포착된 일상의 세계를 보여준다. 첫 번째 소설집 『불란서 안경원』(1997)

Jo Kyung-ran

Jo was born in Bongcheon-dong, Seoul in 1969, and she has lived much of her life there. She failed the university entrance exam after graduating from high school, and, except for a short stint working, spent the following five years at home reading. She took advantage of this time alone and developed an affinity for literature. Then in 1994, at the age of 24, she entered the creative writing program at the Seoul Institute of the Arts and began her literary studies in earnest. Initially, she tried writing poetry, but after being advised by a professor to reconsider her path and deciding she lacked the aptitude for it, she shifted her attention to fiction. In 1996, just before graduating, she won the *Dong-A Ilbo*'s spring literary contest for new writers with the story "French Optical," thus beginning her career as an author. That same year her novel *Time for Baking Bread* won the inaugural *Munhakdongnae* Prize for New Writers, attracting her first significant degree of attention in literary circles.

In her early novels, Jo portrayed daily life through

과 두 번째 소설집 『나의 자줏빛 소파』(2000), 그리고 중편 「움직임」(1998)과 장편 『가족의 기원』(1999) 등이 이 계열에 속한다. 작가의 서술 방식은 대체로 사실적인 편이지만, 그 민감한 의식은 때로 현실의 영역을 벗어나게 만들기도 하는데, 『우리는 만난 적이 있다』(2001)와 세 번째 소설집 『코끼리를 찾아서』(2002)에서 그와 같은 환상적인 특징을 볼 수 있다.

「나는 봉천동에 산다」가 수록되어 있기도 한 네 번째 소설집 『국자 이야기』(2004)에서 인물들이 외부 현실과 부딪쳐 겪는 갈등은 그들의 의식 속에 더 깊이 내면화된다. 그 갈등이 쉽게 극복되지는 않지만 그 의지를 지키면서 꿋꿋하게 삶을 지속해나가는 과정에서 성숙한 면모를 확인할 수 있다. 개인의 삶이 단순히 소설의 소재가 되는 것이 아니라, 삶과 이야기의 관계 자체가 소설의 주제의 차원을 이루는 면모 또한 삶의 성숙에 대응되는 글쓰기의 성숙이라고 할 수 있다.

최근의 조경란의 소설은 자전적인 성격으로부터 비켜나면서 새로운 변화를 보여주고 있다. 『혀』(2007), 『복어』(2010) 등의 장편, 그리고 다섯 번째 소설집 『풍선을 샀어』(2012)와 여섯 번째 소설집 『일요일의 철학』(2013)

the eyes of a sensitive single woman constricted by family relationships. Her first two story collections, French Optical (1997) and My Purple Sofa (2000), along with her novella Movement (1998), and her novel Family Prayer (1999), all belong to this period. Her writing tended towards realism, but the narrative voice at times betrayed a sensitivity that transcended the boundaries of the genre. Thus, We've Met Before (2001) and her third story collection, In Search of Elephants (2002) were characterized by fantastical elements.

The Story of a Ladle (2004), which included the story "I Live in Bongcheon-dong," features characters whose conflicts with exterior forces cause them to become more introspective. Overcoming these conflicts are rarely easy for them, but they persevere through their own will and attain greater maturity through the process. In this work, Jo is not simply concerned with the life of the individual; beyond that, she describes the relationship between the individual and fiction. What is attained in the work is a certain degree of maturity, in Jo's life and her writing.

In her most recent work, Jo deviates from autobiography and moves in a new direction. In her

등에서 인물들은 가족으로부터 벗어나 다양한 문화적, 계층적, 세대적 관련 속에서 관계를 이루고 있으며, 그 관계로 인해 발생하는 심리의 추이가 그 속에서 밀도 있게, 그리고 역동적으로 펼쳐져 있다.

novels *Tongue* (2007), and *Blowfish* (2010), and in her short story collections *I Bought Balloons* (2012) and *Sunday Philosophy* (2013), her protagonists leave their families to form relationships across cultural, socio-economic and generational divides. Jo writes with intensity and dynamism, portraying the psychological changes the characters undergo in these relationships.

번역 **쉥크 카리** Translated by Kari Schenk

쉥크 카리는 2006년 코리아 타임즈에서 주최하는 한국 문학 번역 수상식에서 추천상을 공동 수상했다. 그녀는 번역 아틀리에와 번역자 특별 수업에 참여하면서 LTI 코리아 스폰서십으로부터 지원을 받았다. 조경란 『국자 이야기』의 번역에 지원금을 받기도 했다. 여러 해 동안 그녀는 고려대학교에서 영어 학업 기술에 관한 강의를 하고 있다.

Kari Schenk was the co-winner of the Commendation Prize in the 2006 ***Korea Times*** Modern Korean Literature Translation Awards. She has benefited from the sponsorship of LTI Korea, taking the special class for translators, participating in the Translation Atelier, and receiving a grant to translate Jo Kyung-ran's ***The Story of a Ladle*** in 2011. For many years, she has been working at Korea University, where she is currently teaching English academic skills classes.

감수 **전승희, 데이비드 윌리엄 홍**

Edited by Jeon Seung-hee and David William Hong

전승희는 서울대학교와 하버드대학교에서 영문학과 비교문학으로 박사 학위를 받았으며, 현재 하버드대학교 한국학 연구소의 연구원으로 재직하며 아시아 문예 계간지 《ASIA》 편집위원으로 활동 중이다. 현대 한국문학 및 세계문학을 다룬 논문을 다수 발표했으며, 바흐친의 『장편소설과 민중언어』, 제인 오스틴의 『오만과 편견』 등을 공역했다. 1988년 한국여성연구소의 창립과 《여성과 사회》의 창간에 참여했고, 2002년부터 보스턴 지역 피학대 여성을 위한 단체인 '트랜지션하우스' 운영에 참여해 왔다. 2006년 하버드대학교 한국학 연구소에서 '한국 현대사와 기억'을 주제로 한 워크숍을 주관했다.

Jeon Seung-hee is a member of the Editorial Board of ASIA, is a Fellow at the Korea Institute, Harvard University. She received a Ph.D. in English Literature from Seoul National University and a Ph.D. in Comparative Literature from Harvard University. She has presented and published numerous papers on modern Korean and world literature. She is also a co-translator of Mikhail Bakhtin's ***Novel and the People's Culture*** and Jane Austen's ***Pride and Prejudice***. She is a founding member of the Korean Women's Studies Institute and of the biannual Women's Studies' journal ***Women and Society*** (1988), and she has been working at 'Transition House,' the first and oldest shelter for battered women in New England. She organized a workshop entitled "The Politics of Memory in Modern Korea" at the Korea Institute,

Harvard University, in 2006. She also served as an advising committee member for the Asia-Africa Literature Festival in 2007 and for the POSCO Asian Literature Forum in 2008.

데이비드 윌리엄 홍은 미국 일리노이주 시카고에서 태어났다. 일리노이대학교에서 영문학을, 뉴욕대학교에서 영어교육을 공부했다. 지난 2년간 서울에 거주하면서 처음으로 한국인과 아시아계 미국인 문학에 깊이 몰두할 기회를 가졌다. 현재 뉴욕에서 거주하며 강의와 저술 활동을 한다.

David William Hong was born in 1986 in Chicago, Illinois. He studied English Literature at the University of Illinois and English Education at New York University. For the past two years, he lived in Seoul, South Korea, where he was able to immerse himself in Korean and Asian-American literature for the first time. Currently, he lives in New York City, teaching and writing.

바이링궐 에디션 한국 대표 소설 033

나는 봉천동에 산다

2013년 10월 18일 초판 1쇄 인쇄 | 2013년 10월 25일 초판 1쇄 발행

지은이 조경란 | **옮긴이** 쉥크 카리 | **펴낸이** 방재석
감수 전승희, 데이비드 윌리엄 홍 | **기획** 정은경, 전성태, 이경재
편집 정수인, 이은혜 | **관리** 박신영 | **디자인** 이춘희
펴낸곳 아시아 | **출판등록** 2006년 1월 31일 제319-2006-4호
주소 서울특별시 동작구 흑석동 100-16
전화 02.821.5055 | **팩스** 02.821.5057 | **홈페이지** www.bookasia.org
ISBN 978-89-94006-94-9 (set) | 978-89-94006-97-0 (04810)
값은 뒤표지에 있습니다.

Bi-lingual Edition Modern Korean Literature 033

I Live in Bongcheon-dong

Written by Jo Kyung-ran | **Translated by** Kari Schenk
Published by Asia Publishers | 100-16 Heukseok-dong, Dongjak-gu, Seoul, Korea
Homepage Address www.bookasia.org | **Tel**. (822).821.5055 | **Fax**. (822).821.5057
First published in Korea by Asia Publishers 2013
ISBN 978-89-94006-94-9 (set) | 978-89-94006-97-0 (04810)